その嘘を、なかったことには

水生大海
Hiromi Mizuki

双葉社

目次

その嘘を、なかったことには

装丁
bookwall

写真
Antonio Iacobelli/gettyimages
Unitas Photography/Jultud/sakura/Adobe Stock

01

妻は嘘をついている

灯りの消えた家に帰ると、ザジが私の腕に飛びこんできた。

「甘えん坊だな。未沙都《みさと》がいなくて寂しいか」

そう語りかけ、扉の脇にある電灯を順につけていく。玄関に近いほうからキッチン、ダイニング、リビングと一体になっていて、二十畳ほどある。つけたままのエアコンが、空気の出入りを感知して風量を上げた。中学一年生の未沙都はサマースクールに参加するためイギリスに行っていて、昼間は誰もいないが、愛猫ザジのために快適な室温を保っている。

ザジを抱きながらテイクアウトした夕食をダイニングテーブルに置こうとして、リビングの奥が目に入った。

人が倒れている。

思わずのけぞり、夕食をテーブルに放り投げてしまった。ザジが腕から逃げていく。

一瞬、妻の亜珠沙《あずさ》かと思ったが、今夜は取引先との会食のはずだ。黒い帽子の下から覗《のぞ》く髪も短く、明るい色をしている。亜珠沙は長い黒髪だ。

うつぶせで、顔だけ斜め横に向けたその人は、ずっと同じ姿勢で動かない。私は一歩、二歩、とゆっくり近づいた。

苦悶《くもん》の表情とでもいうのか、歪《ゆが》めたままの顔で固まっている。死んでるんじゃないか？

こいつは、誰だ。

女のようにも見えたが、髭の剃りのこしがある。小柄だが男だろう。黒っぽい半袖シャツにジーンズ、キャップ型の帽子、手には白い軍手をはめていた。


警察はすぐにやってきた。

三人の男性とひとりの女性がてきぱき動いている。私はダイニングテーブルにつき、死体の写真を撮ってためつすがめつする彼らの動きを目の端でとらえていた。とはいえ視線は高くして、彼らが死体になにをしているかは直接見ないようにする。死斑《しはん》は暗紫赤色、索条痕《さくじようこん》なし、目立つ外傷なし、腕に小さなひっかき傷、などと言葉が交わされている。

「こちらの鞄《かばん》は滝口《たきぐち》さんご本人、またはご家族のものですか」

男のそばに落ちていた黒いリュックを、手袋をはめた男性警察官が指し示した。

見覚えはない。そう答えると、中を見るので確認してほしいと言われた。

シャネルの腕時計と色石のついた指輪が取り出された。思わず「あ」と声が出る。

「奥さまのもの、ですか?」

問われてうなずく。私に返されず、透明な袋に入れられた。

「我々が到着するまえに、なにかなくなったものを確認していますか?」

「銀行の袋に入ったお金がありません。そこの一番上の引き出しに入れていたんですが、どの段もぐちゃぐちゃにされていて」

私はダイニングテーブルの脇にあるチェストを指さした。含みのある表情で男性が問う。

「どこの銀行で、いくら入っていましたか」

答えると、男性はリュックから、手品の種でも見せるかのように銀行の袋を出した。中身を確認してうなずいている。

「これらすべて、捜査が終わるまでお預かりしたいのですが、よろしいでしょうか」

「はい。……やっぱり泥棒なんですね。ガラスも割られていました」

私は視線を、リビングの奥にある扉に向けた。

「状況からみて、窃盗かと思われます。あの扉の先、寝室ですか？」

「いえ。妻のアトリエです」

アトリエ、と男性が復唱する。

「奥さまは芸術家ですか」

「いえ、ほぼ趣味のようなもので」

私の返事を知ったら、亜珠沙は怒るだろう。だが芸術家ではない。なれなかった人間だ。

「妻は会社を経営しています。輸入雑貨を主に、国内の作家のものも。セレクトショップとでも申しますか、そういう店です。私は副社長を務めています。今日は妻は接待で遅くて、あと一、二時間もしたら帰ると思いますが」

と私は腕時計を見た。八時十分。私が帰宅したのは七時半だ。

男性がわずかに苦笑した。四十五歳の私より少し年上くらいだ。それはいろいろ面倒でしょうねと同情されたのだろうか、そのとおりだ。

「こんなことになって、奥さまも驚かれたでしょう」

「あっ、連絡を忘れていた。警察に電話をしたらすっかり放心してしまって」

慌《あわ》ててスマホを取りだす。水野《みずの》部長、と呼びかける女性の声がした。目の前の男性が反応する。彼は水野という名のようだ。女性となにか話したあと、アトリエに向かう。

私もあとを追った。彼らに言い忘れていたが、下手に部屋をいじると亜珠沙が怒るのだ。

ＬＤＫの半分程度のスペースなのに、棚に雑多なものが置かれ、床に段ボールが積まれ、作業テーブルが三つもある。金属の関係、革の関係、ガラス細工の関係だったか、作業ごとに使う道具が違うらしく、場所を分けているのだ。イーゼルも立ててあり、少しずらしただけで騒ぐ。正直、魔窟《まくつ》だ。

「そこ、妻が帰ってきてからでもいいでしょうか。妻が立ち合ったほうが」

「割られた窓のあたりを確かめる必要がありますので。ほかは手を触れません」

そう言った水野がなにやら指示をして、アトリエの掃出し窓を中心に、写真を撮ったり床にはいつくばったりしはじめた。私はダイニングに戻る。声がかけられた。

「しばらくかかりますのでお待ちください。お食事、まだだったんですよね。どうぞ召しあがってください」

いや、死体と同じ部屋で食事などできるわけがない。私はちんまりと席に座る。

少し経って、リビングに戻った水野が訊ねてきた。

「お宅は防犯システムの会社と契約があるようですが――」

門扉のシールと壁のモニターから判断したのだろう。たしかにそうだが。

「三日前のゲリラ豪雨で、世田谷《せたがや》からこのあたりに落雷がありましたよね。そのときの停電のせいで、通報システムも防犯カメラも壊れている状態です。そういうお家が近辺に多いらしく、修理の順番待ちで。うち自身も忙しく、休日まで対応できないままなんです」

「なるほど。まだ確定はしていませんが、浅尾克人《あさおかつひと》という名前はご存じですか？」

「いえ、知りません。……それが、あちらの？」

――泥棒。――死体。どう言えばいいかわからない。あちらの男、でいいのだろうか。

「では那由他奏《なゆたかなで》は？　刹那の那、理由の由、他人の他、演奏の奏です」

「聞いたこともありません」

と答えたところでなにかに驚く声が奥から聞こえた。ザジがリビングを駆け抜け、キッチン側へと飛びこむ。

「失礼しました。テレビの奥に黒猫がいて……。水野部長、遺体の腕の傷、それじゃないですかね」

目を丸くしたままの男性警察官が言う。

「三谷《みたに》、引っかかれたか？」

「いえ、だいじょうぶです」

「すみません、初対面の人が苦手で。隠れたままでいるならいいかなと思ってしまって」

私は頭を下げた。ザジは冷蔵庫の上で身を縮めている。保護猫だからか、かまってちゃんのくせに警戒心が強い。確認のため爪を切らせてくれと水野に言われ、ザジを捕まえることになった。

私は猫じゃらしを手にする。ザジはこれに弱い。遊んでくれると思ってか、冷蔵庫から下りてきた。

九時半を回ったところで亜珠沙が帰宅した。汗をかいている。

「少しでも早くと思って駅から走ってきた。ちょっと秀馬《しゅうま》、どういうこと？　知らない人がうちのリビングで死んでいるだなんて、わけがわからないんだけど」

説明を求める目で見てきたが、私にもわからない。不意に、昔、そんな筋立てではじまる小説を読んだと思いだした。あれは書斎に死体があったのだっけ。

水野が近寄ってきた。亜珠沙が反射的に名刺入れを出す。

「滝口亜珠沙です。なにが起こったんですか」

「ご主人からお聞きかと思いますが、今、奥さまがおっしゃられたとおり、どなたかがこの家で亡くなっています。ご存じの方かどうか、確認していただけますか」

亜珠沙の顔が曇った。

「写真のほうがいいですかね」

水野は気を利かせて提案したのだろう。だが亜珠沙はいいえと答えてほかの警察官が集まるほうに足を向けた。横たわった身体がかいま見えている。

亜珠沙が顔を曇らせたのは、死体の確認と言われてたじろいだわけではない。水野の言葉が気に障《さわ》ったのだ。この家の主人は自分だ、亜珠沙はそう思っている。

気丈に死体を確認した亜珠沙は、知らないと答えた。私に訊ねられたのと同じ名前ふたつに対しても、首を横に振る。水野が声のボリュームを落として、さらになにかを訊ねていた。内容は聞こえなかったが、知りませんという亜珠沙の答えは聞こえた。

「ご家族はほかに、サマースクール中のお嬢さんがいらっしゃるとのこと。お嬢さんもご存じないかどうか、電話ででも確認したいのですが」

「娘が知るはずないでしょう。中一ですよ。周りの大人にあんな茶髪の人はいません」

亜珠沙が目を剝《む》いている。それは私も同意見だが、警察として訊ねなくてはいけないということもわかる。口を開いた。

「今、娘のいるイギリスは午後の一時半ほどで、向こうのスケジュールに沿った活動をしています。夕食後の自由時間でないと対応できないと思うんですが」

サマータイムのため、日本との時差は八時間ある。こちらが進んだ状態だ。

「わかりました。ただ、必要が出てきた場合はお願いします。なにかトラブル……ストーカーやクレーマーなどの覚えはありませんか。これはご家族全員に対してです。それと、会社を経営なさっているとのことですが、こちらがご自宅だとご存じの方は？」

水野の問いに困惑する。

「待ってください。泥棒がうちに入って、死んだ。なんらかの理由で。それとトラブルの類《たぐい》がどう結びつくんです？」

「窃盗は行きがけの駄賃で、ご家族の誰かを待ち伏せしていた可能性もありますから」

やだ、と亜珠沙が身を震わせる。

「でもトラブルだなんて、まったく覚えがないです。自宅だって、知ってるのは従業員ぐらい」

「それであの男、なぜ死んだんですか」

私は気になっていたことを訊いてみた。

「正確なところは解剖してからになります。死亡推定時刻もです」

「病気……ですよね？　うちの猫に引っかかれて死んだなんてこと、ありえませんよね」

目立った外傷はない、たしかそう言っていた。

「おそらくは、ですが。ちなみにおふたりは今日、お仕事でしたか？　会社は恵比寿《えびす》とのことですね」

亜珠沙の名刺を見ながら、水野が訊ねてくる。うなずいた。経理部門を担当している私は、本店の奥にある事務所に詰めている。取引先の銀行も近くだ。

「午前は恵比寿の本店、午後は横浜の支店です。夜は横浜で会食を」

亜珠沙の答えに水野がわかりましたと応じ、アトリエへと促す。

「男はマイナスドライバーを所持していて、それを用いてガラスを割り、そちらのお部屋から侵入したもようです。荒らされた形跡はありませんか」

亜珠沙がアトリエを見にいった。


「こんな時間にパパもママも『いいね！』をつけてくるから変だと思ったら、泥棒に入られただなんてビックリ」

テーブルの上に立てかけたスマホの向こうで、未沙都が目を瞠《みは》っている。

今、夜中の三時だ。未沙都のいるイギリスは午後七時。未沙都は体験したことや食べたものの写真とコメントを、毎日Instagramにアップしている。アカウント作成可能年齢の十三歳になった日に早速作り、すっかり夢中だ。時差と仕事の関係で頻繁にやりとりできない私たちとの間で、ストーリーズという二十四時間で消える機能を利用した連絡方法も編み出した。写真や動画を見せることのできる相手を選べるので、友人や家族への行動連絡を一度に済ませることができて楽なのだという。だが今日はリアルでのビデオ通話だ。

警察が帰ったのは、日付の変わったころだった。そこから片づけをして明日の準備をして風呂に入ってとバタバタしているうちに、こんな時間になってしまった。男の倒れていた場所にあったカーペットをどうしても目の前から消してしまいたいと、亜珠沙が言い張ったせいだ。私も気持ちが悪いとは思うが、夜中にやることではない。

「未沙都がいないときで本当によかった。もしも泥棒と鉢合わせしたら、なんて考えただけでぞっとする。パパはサマースクールに反対してたけど、やっぱり行って正解ね」

亜珠沙はひとこと多い。自宅で泥棒と鉢合わせする確率が一だとしたら、海外でトラブルに遭う確率はずっと高いだろう。目の中に入れても痛くないほど大事な娘、心配は当然だ。

「でもザジは鉢合わせしちゃったんだね。だいじょうぶそう？」

未沙都が不安げに問う。私は足元にいたザジを抱き上げ、スマホのカメラに映した。

「ザジは元気だよ。パパがついてるから安心して」

「ありがとう、パパ。ザジの世話よろしくね」

「ママだって世話してるわよ。昨日だってキャットフード、買ってきたんだからね」

「ママにも感謝してる。飼わせてくれてありがとう」

ザジは、猫がほしいとつねづね言っていた未沙都の、中学受験の合格を機に飼いだしたのだ。

「そういえばママがくれたペンダント、こっちの先生が褒《ほ》めてくれたからママが作ったんだよって言ったら、excellentだって。スマホに入れてたほかの作品も見せたらamazingって何度も言って興奮してた。イギリスで売れるかもよ」

「えー？　ママの作品、写真に撮ってたの？　なに見せたの」

「青い蝶のペンダントと、紫水晶で作った雪の結晶のイアリング……ピアス？」

「未沙都、センスあるじゃない。そのふたつは自信作なんだ」

「やっぱり？　その先生、美術館巡りが好きだっていうから、ママと気が合いそう。紹介したいな。ママのお店のことも話したら、興味あるって」

いやだあ、と言いながらも亜珠沙は嬉しそうだ。

「そろそろ寝ないと明日がもたないぞ」

「だねー。ゆっくり休んで。パパ、ママ、またね」

手を振る未沙都の姿がスマホから消えた。カメラに映りやすいよう近寄ってソファに座っていた私たちはそそくさと離れる。

「じゃあな」

先に席を立ち、二階の書斎へと向かう。ここが私の寝室だ。本を読みながら寝るくせがあり、亜珠沙の眠りの妨げになるので寝室を分けた。それが未沙都へ向けた説明だが、本当はもう、一緒の部屋で寝るつもりはない。

亜珠沙との仲は冷えきっている。決定的なできごとはなかったと思うが、いろんなことが少しずつ積み重なりずれていったのだろう。

ならば離婚すればいい。お互い四十代、まだ人生の先は長い。だが、未沙都がいる。親権は亜珠沙が取るだろう。今どきの親権は、母親が有利だ。収入に不安の残る女性でさえ、母親というだけで親権を持てるのだ。亜珠沙に与えられないはずがない。

仕事の問題もある。離婚後も、私は亜珠沙の会社で今の地位を保てるだろうか。亜珠沙がビジネスパートナーとして認めてくれるかどうか、彼女の気分次第だ。私とてそれなりの転職先は見つかるはずだが、それなり、だ。いくら離婚を望もうと八方ふさがりなのだ。

廊下の向こうで物音がした。亜珠沙の寝室――もとはふたりの寝室からだ。体形を保つためのストレッチをいつも二十分ほどもしているが、こんな日でもやるつもりだろうか。その時間を睡眠に当てたほうがマシだろう。

どうでもいいか、と読みかけの本を持ってベッドに入った。文字の列をぼんやり眺《なが》めていると、ふと「検索」という言葉が目に飛び込んできた。

そういえば、水野からあの泥棒の名前をふたつも訊かれた。どういうことだろう。ふたつめは変わった名前だったが、なんらかの分野のアーティストだろうか。奏という名前からしてミュージシャンか？　姓は数字の単位……そう、那由他だ。一〇の六〇乗だったか、七二乗だったか。

充電中のスマホで検索する。

――ホストクラブ・サウザンドクロス所属　那由他奏
ずらりと並ぶ結果のどれもにそう書かれていた。店と本人のSNSもあった。タップすると写真まで出た。化粧が施されているが、リビングで死んでいた男だ。アイドルグループにひとりはいるような、中性的な顔立ちをしている。ホストの源氏名だったのか。

財布かなにかに名刺が入っていたんだろう。水野が声のボリュームを落として亜珠沙に訊ねたのは、店の名かもしれない。私に聞こえないよう気遣ったのだ。亜珠沙は知らないと答えていた。

だが、嘘《うそ》だ。

亜珠沙はこの店を利用したことがあるはずだ。なぜ嘘をつく。

亜珠沙の会社および店舗の名前は「コースト・オブ・ドリームス」という。とうもろこし畑に野球場を作ろうとする映画に似せたわけではない。亜珠沙の旧姓が岸《きし》なのだ。

美大を卒業した亜珠沙は就職をせず、絵を描いて多種のコンテストに応募する毎日を送っていた。芸術の分野で身を立てたい、そう強く思っていたが、それができたのは俗に言う「実家が太い」からだろう。多少はアルバイトをしたり、器用な手先を生かして自ら作った雑貨——本人曰くの「作品」を売ったりしていたが、実家で生活して小遣いももらうお嬢さま芸術家だ。

芽の出ないまま三十歳が近くなり、親元から次の寄生先を見つけるべく婚活に熱を入れはじめ、捕まってしまったのが私だ。

当時の私は商社勤め。私もまた、ちょうどいい結婚相手を探していた。花嫁候補となる女性は社内にも多くいて、先輩たちが順にピックアップしていく。私もそのなかの誰かと、とも思ったが、これぞという女性にはすでに手がついていて、なかなかうまくいかない。条件は、容姿のランクは上の下まで、子供のことを考えれば大卒で、実家は金持ちに越したことはない。海外勤務の可能性もあるので、語学ができるほうがいい。

ベルギーへの出張で、飛行機の席が亜珠沙の隣になった。機内食の配膳が最後のほうになってしまい、肉を希望していた亜珠沙に客室乗務員が魚にしてもらえないかと提案していた。困った表情の亜珠沙を見て、私は自分が魚に変更すると言った。ささやかな騎士道精神だ。フライトの残り時間、美人の女の子とちょっとした会話を楽しめれば、という下心もなかったわけではない。とはいえさほど話は弾まなかった。魚介類が苦手だと聞いただけだ。名前さえ教わっていない。

だが二ヵ月後にアメリカ出張から戻る飛行機で、またもや亜珠沙と隣り合わせになった。亜珠沙も私を覚えていて、運命的な再会に会話が弾んだ。連絡先を交換し、会って食事をし、交際へと発展した。亜珠沙は私が渡した名刺の会社名に興味を持っていたし、それは彼女の両親も同じだろう。私も亜珠沙との会話から、彼女が自分の条件に合うことを確認していた。ベルギーにはルーベンスの絵を見に行ったという亜珠沙に、勉学だけでない教養を感じてもいた。

そして結婚。亜珠沙は結婚後も絵を描き、「作品」の制作を続けると宣言した。私はかまわないと答えた。高尚な趣味だと思ったからだ。

だが亜珠沙は寝食を忘れてそれらに取り組み、つまりは私の世話も忘れた。コンテストに落ちると荒れた。これは相手選びに失敗したかもしれないと思ったところに妊娠が判明し、未沙都が生まれた。さすがの亜珠沙も子供を産むと落ち着いたので、ほっとした。

二年後、私の中国赴任が決まった。亜珠沙には未沙都と一緒についてきてくれるよう頼んだが、断られた。異国での子育てに自信がないという。たしかに未沙都はまだ小さく、亜珠沙も義母の手を借りてやっとのようすだった。飛行機に乗ればすぐということもあり、単身赴任となった。

——異国での子育てに自信がないという理由は、本当なのだろうか。今でも私は疑っている。

亜珠沙が恵比寿で店をはじめたのは、私が中国に行った半年後だ。

亜珠沙は出産後、知人の依頼で、雑貨の買付けのアドバイスをネット越しにしていたという。欧州が主な仕入れ先だ。美的センスや、ティーンエイジのころから何度も海外に行っていた経験を買われたそうだ。それがいつの間にか、亜珠沙自身の仕事になっていた。知人の商売の興味が別のほうに向かったのと、亜珠沙が取引の面白さに目覚めたのがきっかけだ、と説明を受けたが、それらはみな本当なのか。未沙都を義母に託し、現地まで買付けに飛んでいた。

亜珠沙が新たに開いた店は、年代物のアクセサリーから若い作家の革製品、陶磁器、雑貨など、蓄積した知識と人脈を頼りに仕入れた品物で展開され、SNSの隆盛とともに評判を呼んだ。インスタ映えという言葉が世に浸透するまえから、流行に敏感な層は撮った写真をネットに上げて楽しんでいたのだ。

私は驚き、非難めいたことも口にしたと思う。けれど亜珠沙は意に介さない。なぜ他人の仕事に口出しをするのか、わたしがあなたの仕事に口出しをしたかと問うてくる。

他人？　妻ではないか。口を出してなにが悪い。そう言ったが、物理的な距離もあってわかりあえないまま亜珠沙は店を続けた。

やがて売上が伸びているのをみた亜珠沙は、店を会社組織にして人を雇い、実店舗に加えてネットショップも立ちあげた。同じタイミングで、私は中国から帰ってきた。大きな失敗をしてしまい、会社に損害を出したのだ。帰国後、子会社に移された。

その子会社が倒産したのは、亜珠沙が横浜に支店を出そうとしていたときだ。元の商社には戻れなかった。再就職をしようとしたがそれなりのところしか見つからない。亜珠沙は、横浜の支店を手伝ってほしいと頼んできた。私に相談なく仕事をはじめた亜珠沙を快く思っていなかったが、どうしてもというのならと引き受けた。が、客商売をしたことがなかったためか、店をうまくまとめられず、売上もさんざんだった。亜珠沙の判断は早く、私は恵比寿本店にある経理部門に移された。そちらの仕事は私に向いていたのか、その後はうまく回っている。

会社は成長を続けている。だがどうしても悔しさがぬぐえない。私が抜けたとたんに横浜支店は売上を伸ばした。一軒家を手にできたのは、亜珠沙が稼いできた金のおかげだ。亜珠沙の実家からの援助ならさほど気にならないのに、なぜか抵抗感がある。

亜珠沙が、私の運を奪うかのように成功したからだろうか。


その朝早くに出社した私は、事務所で二年前の経理データを確認した。

サウザンドクロス――。接待費として計上されている。私の記憶に間違いはなかった。たしかフランスの陶磁器作家が、日本にはホストクラブというユニークな文化があると体験したがったため、連れて行ったのだと亜珠沙に説明された。本当に海外にはホストクラブがないのか疑問で、つい検索をした。ネットの情報なので信用度は下がるが、ストリップクラブならあるけれど日本のホストクラブとは違うと紹介されていた。経費として通すかどうか迷ったが、当の作家の作品は売れていたのでよしとした。

サウザンドクロスの計上はその一回だけだ。しかし経費にするかどうかでひともめしたのだ。いくら亜珠沙でも忘れるだろうか。だいたいなぜその店を選んだのだ。もともと、個人的に知っていたからではないか。

未沙都が不在の今、私たちはどちらも食事を作らない。朝は各々でパンを焼き、夜は好きに食べる。私は金がもったいないのでテイクアウトを利用するが、亜珠沙は外食だ。

落雷があったのが四日前。それから一昨日までの間にサウザンドクロスに行ったんじゃないか？　そして不用意にも、なじみのホストに防犯システムが壊れていると話してしまったのでは。停電の話からでも住所を探られ、侵入された。それを私に知られたくなくて、嘘を言ったのでは。

「おはようございます、副社長。今日はずいぶん早いんですね」

明るい声が、背後から聞こえた。

部下の大友恵麻《おおともえま》だ。経理の仕事は実質、彼女と私のふたりで回している。恵麻は大学時代にコースト・オブ・ドリームスの店舗でアルバイトをしていて、そのまま入社した。私も面接の際に同席したが、亜珠沙に憧れていて将来はバイヤーになりたいと話していた。恵麻のセンスは悪くないと思う。服にせよ小物にせよ、金はかかってなさそうなのに、おしゃれなものをさりげなく取り入れている。そんな恵麻に接客や商品管理をさせず、経理の仕事を与えるとは、亜珠沙はライバル意識でも持っているのか。だが恵麻は、オールラウンドで仕事をできるようになりなさいってことですね、とほほえんでいた。健気《けなげ》な子だ。

「ちょっと先に済ませたい仕事があったから」

「さすが副社長。段取りを考えてお仕事されているんですね」

恵麻が尊敬の目を向けてくる。会社では当然、亜珠沙との夫婦関係が壊れているとはおくびにも出していない。私が内助の功で支えているのだと、女性の多い職場だけに亜珠沙は羨《うらや》ましがられているようだ。

「大友さんこそ早いね」

「暑くなるまえに出社したほうが楽なので。仕事をはじめるのはみんなと同じですよ。お茶を飲みながら、ネットニュースをチェックしてます。あとはレシピの検索とか」

恵麻がデスクにつきながら、マグボトルを置いた。スマホをかざしてくる。

「そういえば大友さんは毎日お弁当を持ってきているね。夏は傷むんじゃないの？」

「保冷剤つけてますし、会社はクーラーがきいてるからだいじょうぶです。食べるものに気をつけながら節約もしたいので自炊派なんです。高校のころから作ってるんですよ」

「偉いねえ。そういった栄養バランスの部分は、私はまだまだだね。成長期の娘のためにも知識をつけないと」

恵麻が不思議そうな表情になる。

「副社長がごはんを作るんですか？」

「知らなかった？　亜珠沙は料理は全然だよ。カレーをまずく作る人、はじめて知ったよ」

手先の器用な亜珠沙だが、ろくな料理が作れない。味音痴ではないようだが、料理を作りながらも意識が別のところにいってしまうらしく、味付けをよく間違える。ルーを入れるだけのカレーでさえ、ニンジンが生煮えだったり、鍋底でルーの塊《かたまり》が焦げていたりする始末だ。そのため結婚以来ずっと、インスタントかデパートのデリカか義母の差し入れだった。その後、私は失職したときに気分転換で料理を作ってみた。拍子抜けするほど簡単にできてしまった。幼い未沙都にねだられ、気を良くしていろんな料理にチャレンジし、どんどんと腕を上げた。趣味はなにかと問われれば、料理と答えるだろう。

だが私が食事作りを担当しているのは未沙都のためだ。亜珠沙に食べさせたいとは思わないので、未沙都がいなければ作らない。

「でも去年だったか、はじめて伺《うかが》った社長のおうちのホームパーティで、とても豪華で美味《おい》しいお料理が並んでたじゃないですか。社長が、手作りだって」

　恵麻が目をしばたたいている。

「手作り、うん。私の、ね」

「副社長の？　ホントに？」

「初参加の大友さんをからかったんだよ。亜珠沙は料理ができないって話は、社内では有名だ。あの日、私は用があってすぐ出かけたから、その後のことは知らなかった。てっきり本当のことを言ったと思ってたよ」

「……え、からかったって、どうしてそんな」

「大友さんが、亜珠沙みたいになりたいとか言ってたからじゃない？　でも超人じゃないよって教えたかったんだろ。けれどネタはばらさないと意味ないのにね。まあ、パーティってどんどんと話題が移っていくから、そんななかで忘れちゃったのかもね」

　うーん、と恵麻が考えこんでいた。

「……もちろん憧れの気持ちは変わってないですけど、社長って意外と、適当なところありますよね。口が巧い……的な」

「なにか言われたの？」

「商品そのものにかかわらせてほしいって何度もお願いしてるんですけど、経理の後任が決まったらねとしか。そうおっしゃりながらも社員の募集をかけてないし」

「そうか。……ごめんね」

　私がそう言うと、恵麻は慌てて手を振った。

「すみません、忘れてくださいい。まだまだ勉強しなさいってことですよね。せっかく副社長の下についたんだから、がんばります」

「いやあ、大友さんはちゃんとしてるよ」

「だといいんだけど。……それにしても残念です。副社長の手料理だと認識して食べたかったな。美味しかったことしか覚えてない。今度またお招きくださいね」

恵麻が、上目遣いで見てくる。

かわいい、と思った。亜珠沙とは大違いだ。亜珠沙は美人ではあったが、会ったときから気が強かった。私には、恵麻のように控えめで健気な女性のほうが向いていたのだ。当時はそれがわかっていなかったと、恵麻と仕事をしていてつくづく思う。恵麻ならきっと、中国にもついてきてくれた。その支えがあれば、仕事だって失敗しなかっただろうに。


翌日、警察から電話があった。一昨日やってきた水野だ。解剖の結果、リビングで死んでいた男はやはり病死、心筋梗塞とみられるとのことだ。既往歴は不明だが、家族に病歴があった。両親ともに若くして病死しているという。同僚によるとたまに胸を押さえて苦しそうにしていたが、飲みすぎで体調を崩しているだけと言っていたそうだ。そういうわけで、事件性はないので安心してくださいと言う。

「でもあの男、泥棒なんですよね？　そっちはどうなるんです」

あっさり電話を切られそうな気がして、私はスマホに向けて勢いこんだ。

「窃盗については、被疑者死亡として検察に送ります。お預かりしたものは近々お返ししますので、しばらくお待ちください」

それでいいんだろうか。彼がなぜうちに狙いをつけたのか、警察は追及しないのか?

「なんて言うか、気持ち悪いんですが。なぜうちが狙われたのかとか」

「失礼ながら、滝口さんのご自宅は塀が簡単に乗り越えられる高さで、しかし入ってしまうと外からは見えにくいという、……泥棒にとってはちょうどいい条件なんですよ」

「乗り越えた? 付近の防犯カメラはチェックしたんですか?」

「ご近所にカメラはありませんでしたし、お宅のも作動していませんでしたよね。早めに直すことをお勧めします。庭に音の鳴る砂利を敷くという防犯方法もあります。昼間の人通りが少ないあたりなので、他人に気づいてもらうという期待はできませんが、泥棒が警戒して避ける可能性があります」

水野がピントの外れたことを言う。今後の防犯を聞きたいわけじゃないのだ。

「えっと、その、うちはもう関係ないんですか。あの、窃盗の被害以外に」

「……猫ですか?」

言いづらそうに、水野が訊ねてくる。

「え?」

「猫に引っかかれて死んだのではと、そんなご心配をされてましたね。猫に驚いてショック状態を引き起こした……正直それはわかりません。いただいた爪にはたしかに、被疑者の血液がついていました。でもそれは気になさっても仕方のないことです」

そういうことを訊きたかったわけでもない。だが一方でザジが心配になった。初対面の人間が苦手なザジは、あの死体と何時間一緒にいたのだろう。かなりのストレスのはずだ。

「ザジ……うちの猫はどれだけ、あの男と一緒に過ごしたんでしょう」

「死亡推定時刻は、十二時半から十四時半といったところですね」


男の死因は病死、盗んだものも流出していない、あとは書類に終了のハンコを押すだけ。そんなハンコがあるかどうか知らないが、次々に起こる事件や事故のなか、これ以上調べる必要がないものになったのだ。──警察にとっては。

だが私にとっては違う。もし亜珠沙が防犯システムが壊れていることを外で話していたとしたら。ホストクラブであの男の顧客だったのに、知らない人だと嘘をついていたとしたら。どちらも持っていき方次第で、私に有利な条件で離婚できるのではないだろうか。警察に堂々と嘘をつくなんて子供への悪影響が心配だ、嘘つきは親権者としてふさわしくない、そんなふうに。

そう思って仕事を終えた私は、歌舞伎町にあるサウザンドクロスを訪ねた。地下へと向かう鏡張りの壁を持つ階段で、扉を開けて出てきたばかりの見栄えのいい男性とすれ違う。

「あの、すみません……お店、お間違えではないですか」

シャットアウトするように手をかざした男性から、甘いにおいがする。

「飲みに来たわけじゃないんだ。那由他奏という男について話が聞きたくて」

「……警察？」

男性が、眉をひそめて見てくる。私は、そう誤解させたほうが話が早いと咄嗟に計算した。

「この女性が来店していたかどうか、那由他奏が接客についていたかどうかを知りたい」

警察かという質問にあえて答えず、私はスマホの画面に亜珠沙の写真を出して訊ねた。

「代表呼んでくるんで、外で待っててくれません？」

男性が指を上に向ける。扉からかいま見えた店は照明が煌びやかだった。そんなところに中年男性を入れると雰囲気が崩れる、そう言いたいようだ。黙って従った。

待っている間、少しばかり動悸がしていた。バックについているかもしれない強面《こわもて》の男が出てきたらどうしよう、小突かれたらどうしよう、と。

しかしやってきたのは、白いスーツを着た優男《やさおとこ》だった。歳は三十代半ばくらい、代表というのは店主なのか経営者なのか。うっすらとほほえみながら言う。

「警察手帳、見せてもらっていいですか」

虚を突かれた。

「……いや、警察だとは言っていない。代表というなら聞いているんだろ、那由他奏という男が、窃盗に入った先で亡くなったことを。私はその被害があった家のものだ」

優男が、私の頭のてっぺんから足の先まで眺めてくる。

「たしかに奏はうちのスタッフだったけど、雇い主の責任を追及されても困るんですが。窃盗犯だと知っていたら雇いませんよ」

「誤解しないでくれ。そこを責めにきたわけじゃない。この女性は店によく来るのか、その奏という男が接客したか、訊きたいのはそっちなんだ」

「うちにどんなお姫さまがいらっしゃるか、それはお話しできないんですよ」

「……姫？」

「お客さまのことです。あなただって、うちの夫は来てるのかって質問にぺらぺら答えるキャバクラには行きたくないでしょう」

諭すような表情で優男が見てくる。どうしてこんな男に上からものを言われなくてはいけないんだ。失礼な。

「妻だとは言っていない」

「そうでしたね。警察だとも、妻だとも、うかがっていませんでした」

小馬鹿にする口調が、なお腹立たしい。

「私は、どこにいたかを誰に問われようと気にならない。こちらの店は、訊かれて困るようなことをしてるのかね」

優男が冷ややかな目で見てくる。しばしののち、小首をかしげてきた。

「うちはなにもしてませんよ。スタッフが個人的になにかしているかもしれませんが。まあ、奏には借金があったので、手っ取り早く稼げる方法を取っていたのかも」

それでは、とばかりに優男が階段に向かう。

手っ取り早く、だから泥棒を……？

とぼんやり思ったあとで、ふいに別の答えが降りてきた。優男の腕をうしろからつかむ。

「ちょっと待て。それは売春ということか？　……男娼？」

迷惑そうに私の手を払った優男が笑う。

「どうでしょう。でも窃盗よりも奏に相応《ふさわ》しいかな」

茫然《ぼうぜん》と立ち尽くす私を置いて、優男は階段を下りる。まるで鏡のなかに消えるかのように姿が見えなくなる。

私は駅へと取って返した。

ショックを受けているわけではない。頭のなかでピースがはまった気がするのだ。

亜珠沙は午前中に恵比寿の本店にいて、午後には横浜の支店に移動したと言った。だが世田谷区の外れ、目黒区に近い我が家はその移動ルート上にある。家に寄ることは可能だ。

警察は付近の防犯カメラを、あたりくまなくとまでは調べていないようすだった。あの男の死因は病死、だから事件性はないと、必要最小限のことしか捜査していないのでは。

だけどもうひとつ、可能性がある。

小走りになりながら、私は横浜支店に電話をかけた。時間を確認する。推測した通りだ。

会社のほうもまだ誰かいるはず、と山手線を恵比寿で降りて少し先にある、本店の奥の事務所に飛びこんだ。亜珠沙はいない。スタッフたちが帰り支度をしている。

「どうされたんです。忘れ物ですか」

恵麻が声をかけてきた。彼女の隣で笑っている女性は、亜珠沙の秘書的な仕事もしている総務の山崎《やまざき》だ。ちょうどいい。

「一昨日、亜珠沙は横浜支店に行ったよね。何時にここを出ただろう」

「どうしてですか」

山崎が怪訝《けげん》そうにする。

「あーその、娘の同級生のお母さんが近くのカフェで見かけて声をかけたのに、無視されたって言うんだ。見間違いじゃないかって思って」

「十二時です。お昼を食べてから行くと言ってらして。その方の話では何時ごろでした？」

怪訝な表情のまま、山崎が答える。

「十一時半らしいから、やっぱり見間違えたんだね。忘れてくれ」

恵麻と山崎が顔を見合わせている。私はなんでもないふりをして、デスクのパソコンを起《た》ちあげた。

「副社長、まだお仕事ですか？」

「思いだしたことがあってね。きみたちは帰ってもだいじょうぶだから」

もちろん仕事などないが、今の話を訊ねるために帰ってきたと知られたくない。

ふたりは連れ立って事務所を出ていく。私は、急いだからだけでなく、心臓が跳ねていた。

横浜支店のスタッフは、亜珠沙は十五時近くにやってきたと答えた。支店への手土産にするスイーツを選んでいたら思いのほか時間がかかったと、亜珠沙は言っていたそうだ。亜珠沙がどこで昼を食べたかはわからない。だが、食べていないのかも。いったん家に帰って、テイクアウトで食べようとしたのかもしれないのだ。——誰かとともに。

あの男、那由他奏の死亡推定時刻は十二時半から十四時半。亜珠沙が帰宅していたとしたら、ちょうどそのころだ。

もちろん、亜珠沙が殺したわけじゃないだろう。警察は、病死と判定した。

だけどこんな情景が浮かぶ。

亜珠沙はあの男と関係を持っていた。自宅でことに至ろうとしたが、男は急死。ごまかそうと考えた亜珠沙は、男のリュックに金の入った封筒や貴重品類を入れ、さも盗んだかのように偽装した。幸い、防犯システムは切れている。

軍手は作業用に持っているはず。ドライバーもあるだろう。男のものなのか亜珠沙のものなのか、私には区別がつかない。ガラス細工をやっている亜珠沙が、泥棒の侵入に見せかけて窓を割るのは簡単だろう。あとはなにをやったのか……靴は履かせておかなくては。足跡ぐらいはつけたのかも。男のスマホから、亜珠沙と接触した痕跡も消したことだろう。

証拠はない。いや警察がちゃんと調べればわかるはずだ。たとえば亜珠沙の交通系ICカードのデータはどうだ。防犯カメラとて、駅からあたりをしらみつぶしにチェックすればどこかでひっかかるのではないか。


どう伝えれば警察が動いてくれるのか。いったん終了と決めたものを蒸し返すのは、彼らのプライドを傷つけるだろう。責めず、持ちあげながら動いてもらうにはどうすれば。

そんなことを考えつつ家に帰った。灯りはついていない。亜珠沙はまだのようだ。

ソファの背もたれの上に乗っていたザジが、リビングに入ってきた私に気づいて顔を上げたが、面倒そうにまた元の姿勢に戻る。

ザジはすべてを目撃していたはずだ。私の思い描いた情景は本当にあったのか、現在わかっていることから推測した想像なのか。この子の口が利《き》けたらいいのに、と思いながら猫じゃらしを近づける。ザジが身体を伸ばした。私の一瞬の隙をついて、猫じゃらしを奪っていく。そのくせもう一度やれとばかりに、口に咥《くわ》えて持ってくる。

そのかわいらしさに、Instagramで未沙都に送ってやろうとスマホを取りだした。今日はじめてアプリを立ちあげると、未沙都の新たな写真が上がっていた。向こうでできた友達か、金髪の女の子と笑顔で写っている。

亜珠沙が先に「いいね！」のハートマークをつけていた。

このことを未沙都が知ったら、どう思うだろう。母親への尊敬の念が薄れる、軽蔑する、そのぐらいがちょうどいい。未沙都が大人なら、不倫や浮気を知っても大きくは傷つかないだろう……たぶん。だがまだ十三歳だ。かなりショックを受けるはずだ。

ましてや、浮気相手が自宅で急死し、それをごまかすために泥棒に仕立てただなんて。亜珠沙は罪に問われるだろうか。自宅で病死した高齢の母親を子供が放置した事件があったように思う。保護責任者遺棄罪だったかなにか、あれは家族だから適用されたのか？　私にはわからない。

亜珠沙がどうなろうとかまわない。でもこんなことで、未沙都の将来に影を落としてはいけない。

私は悩んだ末に、警察に通報しないと決めた。もちろん未沙都のためだ。

そのかわり、亜珠沙が嘘をついたという証拠を、自力でつかむことにした。警察には黙っていてやると言って、こちらに有利な条件で離婚に応じさせる。この機を逃してはいけない。財産も半分は受け取らねば。未沙都の親権は、当然私が持つ。

手にした金を元手に、私も商売をはじめてみようか。恵麻を誘うのはどうだろう。私がパトロンとなり、バイヤーをやりたいという恵麻の才能を開花させる。そう思うと俄然やる気が増した。

まずはと、事件当日の本店と支店の近所の店の目撃証言を捜した。亜珠沙がひとりのときにランチを取る店は限られる。食に冒険をしたくないのではなく、昼食は仕事の隙間時間でと考えているので、選ぶ手間さえかけたくないのだ。

結果、どの店にも亜珠沙はきていなかった。百パーセントとは言えないが、お昼を食べてから横浜支店に行った、という亜珠沙の言葉は嘘に違いない。

次に横浜支店への手土産だ。横浜の店に訊ねてみたところ、近々誕生日を迎えるスタッフへの慰労の意味で、全員にスイーツを買っていったとわかった。横浜のみならず、本店のスタッフへもその理由で福利厚生費がよく計上されているので、お土産を選んでいたこと自体は不自然ではない。だがそのスタッフは古株で、亜珠沙はいつも同じ店のケーキを選び、今回もそうだったという。迷っていたという理由は怪しい。社長は別のスイーツを食べたくなって探していたけれど、結局いつものもので落ち着いたんじゃないですか、と古株のスタッフに言われたが、納得できない。

説明のつかない時間が、亜珠沙にはあった。だが、家に戻った証明にはならない。

水野も言っていたが、昼の住宅街は人通りが少ない。ためしにと会社を抜け出して、平日の昼の時間に家の周りを眺めてみたが、人はほとんど見受けられなかった。そんななかでも通りがかった人にあの日のことを訊ねてみたが、みな知らないと言う。駅でも駅員に訊ねたが、呆《あき》れたような表情をされただけだ。

那由他奏という男については、SNS上に残る情報しか得られなかった。更新は止まっているが、削除はされていない。営業用なのか、キラキラした自分自身や服、アクセサリーの写真ばかり。当然、客の顔はない。少しの寂しさと希望を綴る浮ついた言葉が退屈だった。わかったのは年齢が二十八歳で、同僚とホストクラブの寮に住んでいることだけだ。住まいを特定されたくないのか、室内しか写っていない。

探偵を雇うことも考えてみたが、亜珠沙が那由他の死を偽装していたことに気づかれたら、その探偵から脅迫されるかもしれないと不安になった。

あとは亜珠沙の行動だ。

どの店舗にいるとか誰と会うなどのざっくりした予定は、社内システムのスケジューラーで共有されている。当日の時間のズレまではわからないが、おおむね把握はできる。

二ヵ月分を確認してわかった。どの週も、水曜の午後三時から五時の予定が入っていない。予定のないときは事務所にいるのが常だが、私は見ていない。私はほぼ事務所なのにだ。亜珠沙はどこにいっているのだ。

那由他のＳＮＳも確かめた。該当の時間には投稿がない。この時間に、あの男との逢瀬を重ねていたのでは。

それをどうやって証明しよう、と悩んでいた私に、亜珠沙自身がきっかけをくれた。

次の水曜日、午後三時のことだった。事務所で仕事をしていた亜珠沙が、鞄を手に立ちあがった。

「ちょっと外すね」

山崎も恵麻もいたが、ほかのスタッフを含めて「はあい」という生返事だけで、誰もパソコンから目を上げない。

私も席を立った。スマホと財布だけ持って事務所を出ようとする。

「副社長、どちらに」

恵麻が声をかけてくる。

「あー、なんていうか、そう、書店で探し物を」

「承知しました。戻られるまでに伝票作りますので、チェックをお願いします」

ああ、と答えて今度こそ事務所の扉に手をかける。

なぜ私にだけ声を？　恵麻も私を気にしているんだな。そう思ってついにやけてしまう。

だがふと気づいた。私は内勤が基本だから声がかかる。けれど亜珠沙はあちこち飛び回るから、出かけても誰も気にしない。

水曜のこの時間が連続して空いていたから気づいたが、スタッフがこんな調子なら、亜珠沙は好きな時間に男と逢える。

事務所を出て亜珠沙を追った。目的地が決まっているのか、亜珠沙は脇目もふらずに歩いていく。手にスマホを掲げているのが見えた。画面までは窺えない。

と、突然亜珠沙が足を速めた。小道に入っていく。

つけていることがバレたのか？

私も早足になった。人とぶつかりそうになる。亜珠沙の消えた小道に立ち入ったが、姿はなかった。通りの先まで行ってみたものの、亜珠沙らしき女性はいない。

偶然なのか、まかれてしまったのか。もしかしたらさっきスマホを掲げていたのは、写真アプリで自分の背後を確認していたのでは。

だとしたら、余計に怪しい。

那由他が死んだ、だったら別の男をと、亜珠沙がそう考えても不思議はない。

私はビルとビルの間から見えている狭い空を見上げた。この瞬間にも亜珠沙は誰かと会っているのでは。そして、金でその相手を抱く。

今こそ探偵を雇おう。

私では尾行に気づかれてしまう。ここはプロに任せるべきだ。那由他の存在を探偵に伝える必要はないし、現在進行形の相手がいるなら、それもまた離婚の理由になる。


そうして私は探偵事務所の扉を叩き、亜珠沙の素行調査を依頼した。少なくない金が要るが、必要なものだ。相手は自信ありげに、一週間で証拠をつかみますよと言った。

ただ残念ながら、亜珠沙は明後日の金曜日、買付けのために出国の予定だ。まずはイギリスで未沙都と会い、そこからフランスに飛ぶ。問題の水曜日も、日本にはいない。

では帰国後にしましょうと話がまとまった。亜珠沙が帰国して一週間といえば、未沙都がサマースクールから帰ってくるころだ。未沙都に私たちの言い争いを見せたくない。報告書を見た亜珠沙が、素直に離婚に応じてくれるといいのだが。

この先の展開にわくわくしながら家に帰ると、灯りがついていた。

「あなたのほうが遅いなんて珍しい」

ダイニングテーブルでノートパソコンを開いていた亜珠沙が、振り向きもせずに言う。同じテーブルに、私は駅前の店でテイクアウトした弁当を置いた。

「食べてきたんじゃなかったの？」

不審げな表情で、亜珠沙が顔を上げた。

失敗した。外食をしてくれば、なにをしてきたのかと問われずに済んだのに。

「ああ、まあ……。カフェで本を読んでいたら時間が経ってしまって。その店にはサンドイッチ程度しかなかったから、家でちゃんと食べようかと」

「ふうん」

穴だらけの私の言い訳に、亜珠沙は疑問を抱かないのか、気のない返事だけしてまたノートパソコンに向かう。

なぜ自分を尾行していたのかと、私に問うつもりはないのか。逃げるような早足になったのはたまたまか？　こちらは訊きたくてたまらない。

「着替えないの？　なにか用？」

「ああ、いや、まだ仕事をしているのかと。飲んで帰ってきたんだろ」

「軽くね。アトリエでやってもいいんだけど、あなたがいなかったからテーブルの広いここを使っただけ。お邪魔みたいだから引っこむとしますか」

亜珠沙がパソコンの蓋を閉じる。

「嫌みを言ったつもりはないんだ。どうぞ使ってくれ」

怒らせるのは得策ではないと、私は下手に出た。着替えに上がろうと階段に向かう。

「なにか言いたいことがあるように思えるんだけど」

亜珠沙の声が追ってくる。

「なにもないよ」

どんな表情をしているのか怖くて、振り向けなかった。階段を上る。背後からなにかの気配を感じた。まさか襲われたりしないよなと、不安を覚えて向き直る。

「……なんだ、ザジか」

ザジがついてきていた。私は小さくため息をつき、かがんで抱き上げる。私を追ってきたくせに、ザジはするりと腕を抜けて一階へと戻っていく。猫の行動はわからない。

離婚したら、ザジはどちらが引き取るのだろう。たぶん未沙都とセットだ。

翌日の木曜日、亜珠沙は海外出張の準備があるといって、午後早くに会社を出ていった。

「変ですねえ、いつもなら夜まで仕事して、そのまま空港に向かうのに」

恵麻がぽろりとつぶやき、すみません、と身を縮めた。

「いや、たしかにそうだから、かまわないよ」

亜珠沙は出かけるまえにも男と逢うのではないか。調査は帰国してからという話になっていたが、すぐにでも始めてもらったほうがよかったのでは。残念だ。

「いいなあ、社長。ほんの一週間ほどの出張なのに、そんなにも副社長に寂しそうな顔をされて」

恵麻が言う。

「とんでもない。一週間、羽を伸ばせるなって思ってるよ」

「お嬢さんもサマースクールでしたよね。じゃあ明後日のお休みは、遠出なさるとか？」

「うーん、亜珠沙が苦手な魚料理でも作って楽しもうかな」

そんな気などないが、私のイメージを崩さないように答える。

「わあ、素敵です。……あたし、お魚好きなんですよね」

「はは、猫みたいだね。うちの猫も、肉より魚のほうが好きかな」

「猫？　去年はいませんでしたよね。ってことはまだ子猫？　きゃあ、見たいです」

「子猫じゃないよ。保護猫を譲ってもらったんだ。推定だけど二歳かな。こんな子だ」

ほかのスタッフが事務所にいなかったので、私はスマホを出してザジの写真を見せた。恵麻は目を細めて笑っている。

「かわいいなあ。会ってみたい、です」

その表情のまま、上目遣いで見つめてくる。

いつだったかも同じように見つめられた。恵麻も私に気があるのだろうか。それとも、私にすり寄って希望の仕事につけてもらおうと？　望むところだと言いたいが、今はまずい。離婚と親権を勝ち取ってからだ。

「あー、次のホームパーティではぜひ」

「……はい。副社長の手料理もごちそうになりたいです」

媚びた笑いを残して、恵麻がプリントアウトした書類を取りに立ちあがる。

いつものように弁当をテイクアウトして帰宅する。灯りがついていた。なにやら美味しそうなにおいがする。

「……どうしたんだ、いったい」

レンジ台からはスパイシーなカレーのにおい。隣の鍋にはなぜか筑前煮。カウンターには生ハムのサラダ、まな板に居座る肉の塊。

エプロンをつけて得意そうな表情の亜珠沙が、包丁を手にしている。

「決まってるでしょう、作ったのよ」

「誰が」

「わたしが。どう？」

亜珠沙が包丁の先をこちらに向ける。

「危ないからそれ下ろせよ」

「あらごめんなさい。正直、均等に切るのはまだ下手なんだ」

そう言って、亜珠沙がまな板の肉に包丁を入れている。ローストビーフのようだ。

「なにを考えて、こんなことをしてるんだ」

リビングに死体があったときも驚いたが、今も困惑しかない。

「秀馬。昨日、わたしのことをつけていたでしょう」

亜珠沙がこちらを見てくる。ごくりと唾を呑みこんだ。

「ほかにもいろいろ調べていたみたいね」

亜珠沙の笑顔に、背中が寒くなる。まさか今から、毒入りの食事を口に詰め込まれるんじゃないだろうな。

「……気づいてたのか」

「気づかないわけないでしょう、バレバレ。わたしの行動を細かくスタッフに訊いておいて、耳に入らないとでも思っていたの？」

　しまった。それこそスイーツでも使って、もっとしっかりと口止めをしておくべきだった。

　今度はわざとだろう、また包丁の先を向けてくる。

「あの……それはただ」

　頭の中で言い訳を探す。どう言えばいい？

　ふ、と亜珠沙が鼻で嗤《わら》った。

「昨日はね、料理教室に行ってた。先週もだけど」

「料理教室？」

「さんざんわたしの料理を馬鹿にしていたでしょう。カレーさえ作れないって。たしかにそのとおりだし、料理を作れる人間が偉いとは考えていないけれど、スタッフ全員にできないって思われてるのは、ムカつく」

　怒りを覚えたのか、途中まできれいに切れていたローストビーフの一片が、分厚くなる。

「ああいけない。こうやって別のことを考えるから失敗するのよね。まあそういうわけで、未沙都の受験が終わって余裕ができたから、習うことにしたわけ。仕事の合間に行ける場所を探してね。どこかのタイミングで、秀馬もスタッフも驚かせようって計画」

　亜珠沙は、しゃべりながらも肉から目を離さなかった。今度はきれいに切れている。

「そのタイミングが、今日なのか？」

「予行演習ね。あとは……秀馬のようすがおかしいから。なにをどう誤解してるかわからないけど、解かないままにして飛行機が落ちたら困る。わたしがいなくなったら、その誤解をしたまま未沙都に伝えるでしょ」

「落ちるかよ。何回飛行機に乗ってるんだ」

「世の中、なにが起こるかわからない」

亜珠沙がまた、私に向き直った。近寄ってくる。

「家に帰ったらリビングに死体。そんなこと起きるなんて誰も思わない。で、そのことでどんな誤解をしてるわけ？　わたしがあの日、本店を出た時間と支店についた時間、それを調べてどういう解答が導かれる？」

「……話すよ、話すから、包丁を置いてくれ。そっちのダイニングテーブルに行こう」

亜珠沙がうなずく。テーブルをはさんで向かい合った。

私は覚悟を決めた。空白の時間に料理教室に行ってたのなら、男娼相手に浮気をしていたという前提が崩れてしまう。だがなるべくソフトな表現にしよう。

「亜珠沙が家に、ここに戻ったのかと思ったんだ。それで、なにかの拍子に男を死なせてしまって、細工したのかと」

「警察からは病死だって連絡が来たんでしょう？　なぜわたしが泥棒を死なせるの？」

不審そうに、亜珠沙が首をひねっている。

「泥棒じゃ、ないんじゃないかと。警察に訊ねられた名前をネットで検索したらホストの源氏名だった。彼が勤めてた店の名はサウザンドクロス。あのとき警察に訊かれたろ？　亜珠沙は知らないと答えていたが、二年前に接待で行っている。経理にデータが残ってた」

しばらく考え込んでいた亜珠沙が、首を横に振る。

「覚えてない。知らないって言ったのは忘れてたからでしょ。二年も前じゃね。……で、それがどう結びついてくるの」

「だから、亜珠沙はあの男を知っていると思ったわけだ」

「は？　それ……えっと、さっき言ってた細工って、わたしがあの男を泥棒に仕立てた、って意味？　なんのためにそんな――」

自らの言葉の途中で、亜珠沙が「あー！」と叫んだ。

「わたしがあの男と、浮気してたとでも思ったわけ？　呆れた。そんなことあるわけないじゃない！」

あはははは、と大声で笑いだす。その笑い方が妙に不自然に感じた。

「だけど」

「冷静になったら？」

亜珠沙が身を乗りだしてくる。失礼な。私は冷静だ。

「もしもそういう関係になったとするね。だとしても、ここで会うわけがないじゃない。ホテルを利用するものじゃないの？」

私の目を、亜珠沙がじっと見てきた。

言われてみれば、たしかにそうだ。いつ誰に見られるかもしれない家に、帰ってくる理由はない。

「けど……、そのサウザンドクロスに行ったら、代表って人が出てきて、あの男がいろんな女性と関係してるみたいな言い方を」

「からかわれたんじゃないの？」

……そうなのか？

「くだらない。そう思ったなら直接訊けば？　警察だって相手にしなかったでしょ」

肩をすくめながら亜珠沙が立ちあがる。

「警察にはまだ話していない。未沙都への影響を考えて、自分で調べてた」

「そうね、そこは賢明だったわね」

見下すような口調が腹立たしい。

「だったら、恵比寿から横浜まで二時間半以上も時間がかかったのはなんでなんだよ」

「料理教室の先生とランチ。習ってることは内緒だったし、わざわざ言うほどのことでもないでしょ」

亜珠沙がキッチンに入っていった。ローストビーフをまた切りはじめる。

「さあ、疑った罰として、秀馬はこれを全部食べること。ちゃんと美味しいはず」

「全部？　かなり量があるけど」

「カレーは冷凍しておく。でも今日、味見はして」

「わかった。だけどメニューとして、カレーと筑前煮を同時に出すのは変だ」

せめて一矢報いねばと、私は言った。

そうして深夜、正確には翌日になってからの時間に、亜珠沙はイギリスに飛んだ。未沙都と会うのが楽しみだと言いながら。

亜珠沙の料理は、ちゃんと美味しい、と評してもいいものになっていた。なかでもカレーはまろやかで絶品だった。炒めたタマネギとヨーグルト、生クリームで作るコルマカレーというものらしい。メイン食材はチキンで、そこも筑前煮と被っていたが、牛でも豚でもほかのメニューと被る。ここは魚介類がベストだろうが、亜珠沙は苦手だ。

——浮気相手が死んでしまったので泥棒にみせかけるよう細工した。

そう考えたのは、全部私の勘違いだったのだろうか。

サウザンドクロスの代表は私をからかったのか？　たしかに小馬鹿にされた腹立ちまぎれに、訊かれて困るようなことをしてるのかとキツいことを言ってしまったが。

探偵への依頼はキャンセルした。

事務所でため息をついていると、恵麻が私の顔を覗きこんできた。

「社長がいないの、やっぱり寂しいんですね」

「違うよ。仕事のことだ」

「本当に？　副社長ってけっこう表情に出るほうですよ。……気づいてませんか？」

笑顔で見つめてきた。その言葉は、あたしの気持ちに、という意図も隠れているのだろうか。心は傾くが、苦笑を返すしかなかった。直近の離婚はなくなってしまった。しばらくは亜珠沙が失点を犯さないか待つ日々だ。

とぼとぼと家に帰り、ザジの相手をしながら、亜珠沙の作った筑前煮を食べきる。

そういえば、と未沙都のInstagramを覗く。新しいストーリーズができていた。

――今日はママと会える。仕事でイギリスに来るんだ。あたしのママ、すごいんだよ。

という文字とともに、亜珠沙と亜珠沙の作品が映しだされていった。Instagramのストーリーズには、選んだ複数の写真を順に流す機能がある。

アクセサリーやガラス細工といった作品だけでなく、亜珠沙が描いたと思しき、男性の顔のデッサンもあった。鉛筆のようだがモノクロ写真にも見える緻密さだ。

那由他奏だった。

覚えている。歪んだ死体の顔ではなく、本人がSNSで披露していた中性的な顔を。

顔のアップだけではない。全身もあった。裸体の。局部まで見える。

さらには描きかけの油絵。……鉛筆のものは写りこんだリングからスケッチブックだと思われるが、ダヴィデ像と似たポーズを取ったその絵は、木枠がついた布張りのキャンバスに描かれている。未沙都は、こんなものまでスマホに撮っていたのか。

ここで会うわけがないじゃない。亜珠沙はそう言った。

帰ってくる理由がない。私もそう思った。

だがあるじゃないか。アトリエで絵を描くという理由が。キャンバスや画材を持ってホテルに行くより、相手に来させたほうが亜珠沙は楽だ。

男との肉体関係があったかどうかはわからない。ただのモデルだったのかもしれない。

けれど亜珠沙は嘘をついた。

あの男を知っている。会っている。そして私の考えたことは正解だった。亜珠沙の目の前で男が死に、疑われたくないために泥棒の汚名を着せた。

なぜ気づかなかった。故障しているとはいえ、防犯会社のシールのある家に侵入するのはリスクだ。やはり彼は招き入れられたのだ。

警察に嘘の証言をしたなと、黙っていてやるかわりにこちらの要求を呑めと、これで亜珠沙につきつけられる。亜珠沙自身の描いた絵が証拠だ。

私は亜珠沙のアトリエの扉を開けた。キャンバスがまとめておかれた壁際にまっすぐ向かう。

だがそこに該当の絵はなかった。棚を見まわすも、どこを探せばいいかわからない。

未沙都に電話をかけたが出ない。現地は昼食時のはずだ。連絡が欲しいとメッセージを送る。

念のため、未沙都が撮った写真も保存しておこう。

私は再びスマホに未沙都のInstagramを表示した。

「あれ?」

該当のストーリーズがなくなっている。

ストーリーズは二十四時間で消えるシステムだ。昨日から見逃していたのだろうか。いや、そんなはずはない。朝、チェックした覚えがある。

ということは、未沙都が自ら消したのだ。

なぜ、と思いながらもう一度未沙都に電話をしようとすると、通話アプリを通して向こうからかかってきた。

「パパ、連絡欲しいって、なに?」

「インスタのストーリーズだ。ママの作品の写真をアップしてただろ」

未沙都が、ああ、と応じる。

「心配かけたね、ごめん。ママにも注意された。もうやらない」

ママだって？

「ほかの人の写真や作品を許可なくネットに上げるのはいけないことなんだね。肖像権に著作権？　そういうのがあるからダメって。友達と家族しか見られないようにしてるって言ったけど、ネットの世界はなにがあるかわからないって。ママ、ちゃんとしてるなあ」

やられた。亜珠沙の言っていることは正しいが、それを言い訳にしてるだけだ。

「あと、えへっ、アダルト規制にもかかりかねないって。芸術作品として描いたんでしょって言ったんだけど、それは奥深い問題を孕《はら》んでいるからひとことで答えられないって」

「未沙都の気持ちはわかるよ。せっかくだからパパがもう一度見てあげる。直接送って」

「消しちゃった。アーカイブも残してない」

「だったら元の写真データを」

「それも消した。さっき言ったアダルト規制？　誰かにスマホを見られたら大変だって、ママが写真をピックアップして消してた」

「……ママとはもう、直接会ったのか？」

「うん。またあとで落ち合うけど。あ、ごめん、次のアクティビティの時間だ」

「待ってくれ！　未沙都が写真を撮った絵はどこにあったんだ。キャンバスとスケッチブック」

私は追いすがるように叫んだ。

「アトリエだよ。じゃあまた」

通話が切れた。——だからアトリエのどこに置かれていたのだ。

なんとか見つけださなくてはと、夜を徹し、私はアトリエの隅から隅まで調べた。亜珠沙の寝室も探す。

だがどうしても見つからない。

見つかるはずは、ないのかもしれない。なぜなら事件当日に、警察に見つけられる危険もあるのだから。

証拠はもう消されている。

脱力した私は、そのまま亜珠沙の寝室で眠ってしまった。

目覚めたのは昼だった。スマホの着信音に起こされた。近くに来ています。お魚料理、食べてみたいです。恵麻からそんなメッセージが届いていた。

萎れていた心に水が優しくしみこんでいくようだ、とはおおげさだろうか。

そのメッセージで気分が一変した。自分を癒してくれる存在がスマホの向こうにいる。はやる気持ちを抑えながら、少しの時間ならいいですよ、と返事をした。

慌てて一階に下り、冷蔵庫の中を確かめた。シャワールームに飛びこむ。

「近くに来たので、ちょっと寄ってみました」

玄関で、恵麻が照れた笑顔を見せる。

「……っていうのは半分嘘で、実は間違えて買った缶詰があるんです。これ、猫ちゃん用だったんですよね。よかったら」

肩をすくめながら、紙袋を掲げてくる。キャットフードが入っていた。間違えて買ったというのもまた、嘘かもしれない。だが、嬉しかった。そんな理由を作ってまで会いに来てくれたことが。

「魚料理……、まだ作ってないんだよ。バタバタしてて買い物に行けなくてね」

「あ、すみません。無理を言ってしまって」

「でもちょうど、カレーを作ったから。よかったら食べて」

亜珠沙が冷凍していたチキンのカレーだ。鍋に移して温めておいた。

「わあすごい。楽しみです」

そう言いながら恵麻がLDKへと入っていく。ホームパーティに来たことがあるからか、間取りの見当はついているようだ。それでも周囲を見回している。

「猫ちゃん、会いたいです」

「人見知りなんだよ。どこに隠れているかな。ザジって名前だ。そこの猫じゃらしを振りながら捜してみて」

はいと言って、恵麻が猫じゃらしを手にした。その間にと私は食事の用意をする。

ザジ、ザジ、と呼びながら恵麻がリビングの壁際を歩いていく。ザジはコレクションボードの上にいたようだ。ふいに下りてきて、猫じゃらしを咥えていってしまう。

「待ってて。これで遊んでよ、ってそぶりで戻ってくるから」

だがザジは戻らなかった。猫じゃらしと一緒にテレビの奥に隠れてしまう。恵麻が隙間に向けて、猫じゃらしの真似なのか指をゆらゆらと振るが、出てこない。

「そんなことをすると引っかかれるよ。時間が経てば寄ってくるさ。さあ、食べよう」

恵麻がうなずいて、ダイニングテーブルへとやってくる。温めたカレーを深めの皿に盛って、脇にはスライスしたフランスパン。

「慣れといえば、ですけど……あたし、もうじゅうぶん経理の仕事に慣れたと思うんですよね。そろそろ商品に関わる仕事がしたいって、社長にプッシュしてもらえませんか」

媚びた表情で、恵麻が見てくる。スプーンでカレーをすくって口に入れていた。

やはりそういう狙いがあったわけだ。だがかまわない。ここから先は駆け引き次第だ。

「そうだねえ。大友さんは優秀だから、私は手放したくないんだけど」

「同じ事務所なんだから、全然離れたりしませんよー」

恵麻がまたカレーをひとくち。

と、スプーンを取り落とす。

突然。恵麻が椅子から転げ落ちた。顔を赤くして、喉を掻《か》くようにしている。

「こ、……これ、なにが入っ……」

声と息と咳が、詰まりながらも吐き出される。

「おい、どうしたんだ急に」

「なに……が、材料……」

材料？　なにかが傷んでたのか？　いやさっきも味見をした。私はなんともない。

「チキンとタマネギとヨーグルト……ええっと、なんだっけ、カルマ？　コルマ？　そんな名前の」

　恵麻の目が、絶望の色を帯びる。

「……ナッツ……だめ。ホームパーー……言いまし……よね」

「え？　ナッツ？　これ、カレーだよ。普通に、カレーのスパイスで作っただけ」

　ナッツって、どんな味だっただろう。いや、どうしてカレーにナッツが？

「あ……あたし、の鞄。……エピペン」

　恵麻が鞄に手を伸ばす。私のほうが早いと、鞄をつかんでひっくり返した。中身をまるごと、恵麻の手が届くところに押しやる。恵麻はポーチを手に取った。スティック状のなにかを出す。

　恵麻は血の気の引いた手を震わせながら、キャップのようなものを外そうとしているがうまく外せない。ゼイゼイと喉が鳴る。

「……これ外し、打っ……太ももの外……カチ、音がす……五つ数え……」

「わかった」

　ゆらゆらが止まらない恵麻の手に、手を伸ばそうとして――

　黒いものが駆け抜けた。ザジだ。

　エピペンを咥えてキッチンの奥へといってしまう。

「こら待て、ザジ。それは違う。返せ」

　ザジが冷蔵庫の上に飛ぶ。私は手を伸ばす。ザジが奥へと下がる。何度も伸ばすが届かない。踏み台を、と取りに戻った倒れた椅子のそば、恵麻が口から泡を吹いて横たわっている。顔色は蒼白だ。脈が取れない。

コルマカレーを検索した。レシピがいくつか出てきたが、そのなかにカシューナッツペーストを入れるものがあった。目の前にあるのは、ナッツを入れて作るレシピのカレーだったのだ。

恵麻は、ナッツアレルギーによるアナフィラキシーショックを起こした。だけどそんなのわからないじゃないか。言っておいてくれないと。

いや、ホームパーティで言ったと、つらそうな息の下でつぶやいた。だが私の耳には入っていなかった。あの日は用があって、すぐに家を出てしまったから。

いつも手作りの弁当だったのはなぜなのか。食べるものに気をつけているというあの言葉は、栄養ではなく、食材を指していたのだ。

気づかなかった。だって知らなかったのだから。私は知らずに出した。亜珠沙も知らずに作った。

——亜珠沙も、知らずに？

ホームパーティで言った。……ならば亜珠沙は知っている。従業員の誕生日に、いつもスイーツをふるまう亜珠沙だ。ナッツ類はスイーツにも使われるのだから恵麻のアレルギーを知らないままのわけがない。

そうはいっても、これを恵麻が食べるなんて思わないはず。

本当に？

副社長は表情に出ますよと、恵麻は言っていた。私の気持ちに、亜珠沙も気づいていたのではないか？　もしかしたら恵麻の狙いも。

アレルギーを持っていないものにとっては、ただの美味しいカレーだ。釘を刺しておこう、仕掛けておいて損はない、その程度の罠。恵麻が引っかかってもアドレナリン剤——エピペンなどの備えは持っているだろうから、救急車を呼べば問題ない。そんな見込みだったのかもしれない。

彼女が食べるなんて思わなかったんです。

亜珠沙はきっとそう言うだろう。ザジの行動は予測不可能だ。

私は倒れたままの恵麻を見つめる。

リビングで知らない人が倒れています。鞄のなかには盗られた金と貴重品。ガラスも割られています。

そんな言い訳は、使えない。

02

まだ間にあうならば

アンコール、アンコール。響く声の合間に、リズムをつけた手拍子が挟みこまれる。

アンコール、アンコール。呼び続けて何分経っただろう。薄暗くなっていたステージに、スポットライトが当たった。ビームのような光が四つに分かれる。まだメンバーの誰もステージに戻っていないのに、大きなホールが歓喜の声で一体となった。周囲の温度がさらに上がる。四人が走ってやってきて、リーダーのコーキから順に今日のライブについて述べていく。そして再びコーキに。

「ありがとう、みんな。それでは聞いてください。……『まだ間にあうならば』」

いやあ、という悲鳴にも似た声は、喜んでいるのか、最後の曲だからなのか。

マクミリことマクシミリアンのライブは毎回、この曲でフィナーレを迎える。ヒットした曲は数々あるが、世に広く知られるきっかけとなったナンバーだからだ。

コーキ、リョー、と叫んでいたホールの声が、ギターソロがはじまったとたんにぴたりと止んだ。

「今日もアツかったねー。あー、ビールが沁《し》みる」

ライブ会場近くの店が混んでいたので、わたしたちは少し離れたチェーンの居酒屋までやってきた。渇いた喉にはビールでしょ、と乾杯したばかりだ。夜ともなれば秋の気配も濃くなるころだが、汗が一気に噴きだす。

「薫子《かおるこ》さん、ずっとスタンディングだったんですか?」

「当然。美南《みなみ》ちゃんもでしょ。ひとまわり以上も下なんだし」

「すみません。わたし、バラードでちょっとだけ座りました」

「あんないい席当たっといて、駄目でしょ!」

薫子さんから背中を叩かれた。それを合図としたように、あとのふたりも笑いだす。ライブ後に親しい人たちと食事と歓談をする、いわゆる感想戦のただなかだ。

わたしたちの声が大きすぎたのか、カウンターに座っていた女性が振り返った。視線を向けてくる。

「ごめんね、おねえさん。うるさかった?」

手刀を切りながら薫子さんが言うが、薫子さんは四十代、女性のほうが明らかに年下でわたしと同じぐらいの年頃だ。同じくらいの……って、あれ?

もしかして、と思っていると女性が立ち上がり、近寄って問いかけてきた。

「あの……、十河《とがわ》さん、じゃない? 私、沖中《おきなか》だけど、高校の同級生の」

「うん、十河美南だよ。やっぱ、風香《ふうか》だよね? 久しぶりー」

わたしは名乗るときだけ声を小さくした。わたしの顔など知らない人のほうが大半だろうけれど、これでもテレビドラマへの出演もある俳優だ。ちょい役ばかりだが。

「六年ぶりぐらいになる? こんなとこで会えるなんて、偶然だね」

風香が、嬉しそうに笑って何度もうなずいた。

「だねー。でも風香もマクミリライブの帰りでしょ。会えても不思議じゃないって」

「……あ。あーっと、うん」

「楽しかったね。わたしたち感想戦。ほら、エレオノーレの薫子さん。上京した年に、風香も一度会ってるよね」

エレオノーレというのは、マクシミリアンのインディーズ時代、二十年ほど前に薫子さんが作った私設のファンクラブだ。ネットに個人サイトを持っている薫子さんが彼らの魅力を紹介する文章を書き、訪れたファンはサイトの電子掲示板《BBS》に書きこんで交流をする、という活動をしていた。

マクシミリアンなるバンド名は、神聖ローマ皇帝マクシミリアン一世からつけられている。エレオノーレはその母親の名前だ。薫子さんによると、最初はビジュアル系ロックバンドとして活動していたためか年上の女性からの支持が多く、サイトを訪れるファンも女性ばかりだったという。ライブを見るに、今もファンの八割が女性だ。ちなみにマクシミリアン命名の流れは、最初にバンドを組んだのが弘毅《こうき》と禎司《ていじ》のふたりだったため、合わせて皇帝、ならば皇帝の誰かの名前にしよう、中世最後の騎士と呼ばれたマクシミリアンって響きがかっこいいよな、という中二病めいた発想だったという。まさにふたりが中学二年生のときに思いついたらしい。

「風香はひとり？　よかったら一緒にどう？　こちら、ミズタマさん。こちらがヤマネコさん」

同席のふたりをハンドルネームで紹介した。正確には知らないが、ふたりは薫子さんより少し年下だ。薫子さんの結婚と出産に伴ってエレオノーレの活動は自然と縮小され、今では掲示板でほそぼそと交流する程度だけど、東京でライブがあるときは毎回会っている。

風香が困ったような表情になった。

「その……ライブ帰りじゃないの、私。この店はホントにたまたまで」

「うっそぉ。まさか風香が？　チケット取れなかったの？」

美南ちゃん、と薫子さんが二の腕に触れてきた。優しい声を出す。

「聴かなくなったのかもしれないし、ね」

「えーと、マクミリは今も好きです。でも仕事が忙しくて、ライブとか全然行けなくて」

「そうなんだー。それはつらいね。今日ライブで言ってたんだけど、近々新譜が出るから期待してって」

情報解禁が近そうで、ついにやけてしまう。風香がそんなわたしをじっと見てきた。

「美南、全然変わらないね。喜怒哀楽、はっきりしてる」

「感情表現が大事な仕事だからね。役者の仕事、続けてるよ。わたしのことも期待してて」

「もちろんだよ。そうそう、私、卒業してからここに勤めてるの」

風香が名刺を出してくる。老舗《しにせ》の飲料メーカーだ。

「渋谷？　うちの事務所と近いよ。やだ、どうして今まですれ違いもしなかったんだろう。今度ランチしようよ。わたし、住所も電話番号も変わってない。覚えてる？　大学のころ来たことあるよね、あのボロアパート。駅から徒歩二十五分」

「あそこ？　さすがに夜とか危なくない？」

「自転車だからだいじょうぶ」

「でも気をつけてよね。……あ、そろそろ私、出ないと。そうだＬＩＮＥ、機種変したときに変わったんだ」

お互いにスマホを出して、連絡先を交換する。

横から薫子さんが声をかけてきた。

「エレオノーレの掲示板、今もトップページからリンク張ってあるよ。クローズドじゃないから、いつでも遊びにきてね」

「はい。ありがとうございます」

風香が深く礼をして、またねとわたしに手を振った。いったん席に戻って、荷物をまとめてから店を出ていく。わたしの視線に気づいたのか最後に再び手を振ってくれた。

「掲示板、来ないかも、ですよ。固定化したコミュニティって入りづらいし」

ミズタマさんが言う。薫子さんが苦笑した。

「たしかにね。マクミリが一気に有名になったときはあたしもがんばってサイトの記事を書いたし、次々にはじめましての子が来てくれたけど、今は公式のファンクラブがあるし、交流するならSNSだよね」

「わたしがマクミリを知ったのも、その一気に有名に、のタイミングです。高校に入学した春でした。隣の席にいたのがさっきの風香で、同じ音楽聴いてるって気づいて、すぐ仲良くなって。情報を深堀りしてたらエレオノーレに辿りついて、風香に教えて。あー、懐かしい。十二年も前になるんだ」

「高校に入った春ってことは、十五歳か。刺さるよね、その年頃は特に。『まだ間にあうならば』は、友との出会いと別れの曲だから」

「風香、マクミリが好きすぎて、高校を中退してマネージャーになりたいって、マクミリが当時所属してた事務所に突撃したんですよ。高校は卒業しなさい、大卒のほうができればいい、って、落ち着けとばかりに諭されて帰ってきたけれど」

ヤマネコさんが首をひねっていた。

「今の子、薫子さんとも会ったことあるんだよね。なんで掲示板に来なくなったの？　単なるフェードアウト？」

フェードアウトが、もっとも正解に近い答えだと思う。風香はとにかく忙しかったのだ。高校時代はずっと一緒にいたが、別の大学に進学したこともあり、わたしとはたまに会うぐらいになっていた。もちろん話題はマクシミリアンで、空いた時間にみっちりとバイトを入れ、得たお金でライブを追いかけて遠征していると、楽しそうに話していた。しかも大学に入ってからは、とある理由でモテていたので、相手からおごってもらう条件でのデートにもいそしんでいたらしい。

「歳が離れてるとどうしてもね。……それ言うと、美南ちゃんが変わりものみたいだけど」

「薫子さんは東京のお母さんだからー。あ、おねえさんか」

こらー、と薫子さんがまた背中を叩いてくる。テーブルが笑いに包まれる。

本当の気持ちだ。わたしも風香と同じように大学進学を機に上京したが、マクシミリアンの音楽以上に、演劇に魅了されてしまった。その後、役者になると宣言して親と大喧嘩をして、絶縁状態となった。大学も中退してそこでの友人とも縁が薄れ、入っていた小劇団が潰れると、つながりを持つ相手がみるみる消えた。ちょうど就活時期だった風香とも、時間や話題が合わなくて疎遠になった。そんななかで、夢を追うってすごいよと励まし続けてくれた薫子さんは恩人だ。

エレオノーレの掲示板に集っていた人たちも応援してくれた。

「いいなあ、マクミリのライブ、楽しかっただろうなあ」

降谷《ふるや》店長がダスターでカウンターを拭きながら言う。

自宅の最寄り駅近くにあるアルバイト先、カフェ・フルヤだ。大学時代から勤めている昔ながらの喫茶店で、学生街とあってがっつりメシが人気を集めている。

アルバイトも大半が学生で、当然ながら入れ替わっていくので、わたしはすっかり古株だ。それだけに時間の融通が利く。数々のオーディションに、ぽつぽつともらえる俳優の仕事、それらは予定も拘束時間も読み切れず、アルバイトをしづらいのだ。年賀状の仕分けや配達、選挙のときの投票所の出口調査といった細切れのアルバイトで稼ぐわたしにとって、唯一の安定した仕事先といえよう。

「すみません、昨夜から今日の昼まで、仕事が入ったわけでもないのにバイトを休んで。店長もお好きでしたよね。神奈川と埼玉もあるので、そちらは店長が行ってください」

せめてもと、ライブグッズから購入したタオルを進呈する。

「美南ちゃんも僕と一緒に行く？」

「料理のできるふたりが同時に休んだら、お店が回りませんよ」

「たしかに。それで昨夜のセットリストはどんな感じ？」

昼のピークタイムとティータイムの間という、お客がいない時間なのをいいことに、わたしは歌つきで説明をした。店長は初期のアルバムも持っているので話が弾む。

「羨ましい。ラストはもちろんあれだね。弘毅が禎司を悼《いた》んで作った、『まだ間にあうならば』。あれでマクミリは一気に火がついたんだものね。禎司も天国で喜んでいるだろうな」

はい、とわたしはうなずく。中学校で出会い、仲間を集めて音楽の道を志したふたりだが、メジャーデビューの数年後、不慮の事故でギターの禎司が他界した。失った友への思いを綴るポエジーが、春という出会いと別れの季節が訪れたことも相まってヒット。コマーシャルやドラマなどからタイアップの依頼もあったが、この曲には色をつけたくないと断ったという。代わりにと新たに書いたドラマ主題歌がさらなる話題を呼んで大ヒットとなり、マクシミリアンは有名アーティストの仲間入りをした。

「最初はビジュアル系で出たけど音楽性は高いし、言葉の使い方もいい。僕は文学部だったから彼らの表現力がよくわかる。年下とは思えないほどだね」

弘毅――コーキはちょうど四十歳だ。店長は四十代半ばだったろうか。

「すごいですよね。昨夜はマクミリファンの旧友とも再会できて、最高でした」

「いいねえ、その友情を讃《たた》えたい」

と言われて店長とふたり、『まだ間にあうならば』を歌う。お客がやってきたので、途中までになってしまったけれど。

その翌日、約束通り風香とランチをして、近況を語りあった。

風香は広告宣伝部にいるそうで、それはさぞ忙しいだろうと想像できた。実家にもしばらく帰っていないという。

もっとも、風香は大学進学後、別の理由で地元に寄りつかなくなった。高校以前の友人とは会ってもいないと聞いている。唯一の例外だったわたしも、高校のときに使っていたスマホから写真を消させられた。

整形だ。

瞼を二重にしただけでびっくりするほどきれいになった。大学から一気にモテだしたのもそのせいだ。ダイエットの効果で頬もシャープになった。風香は、新しい自分になりたかったのだ。

高二でわたしとクラスが分かれたあと、風香は新しいクラスメイトからシカトされていた。遅ればせながらそれに気づいたわたしはことあるごとに風香を連れ出し、極力一緒にいた。教室だけが世界のすべてだと思わないで、なんてクサいセリフを口にして。風香が、高校を中退してマクシミリアンのマネージャーになりたいと事務所に突撃したのも、そのころだった。ティーンエイジならではの視野狭窄《きょうさく》に陥っていると諭されたそうだけど、風香は真剣だった。わたしも、風香ならいずれその気持ちを貫き通すと思っていた。

整形に踏みきった理由もマクシミリアンだ。将来、彼らのマネージャーになれたとき、見栄えのする自分でいたいと言っていた。

だから音楽事務所への就職を希望していた……とそのあたりまでは知っていたけれど、結局、就活の年もその翌年も、経験者のみの採用しかなかったというオチで、今にいたるそうだ。

「美南、がんばっているんだね。夢を追っていて、羨ましいよ」

風香が言う。風香の夢はマクシミリアンのマネージャーになることだった。その採用条件ではいつ叶《かな》うことか。

わたしの表情を読み取ったのか、風香が笑って手を振る。

「今の仕事、私に向いてると思う。楽しいし充実してるよ。仕事が生きがい。美南もそうだよね。今度はなにに出るの？」

「あー、わたしの仕事って、事前に情報が洩れることにうるさいから、公式発表がないと口にできないんだ。ホントはSNSで宣伝したいんだけど、ちょい役がほとんどだから、下手すると放送日当日にしか言えなかったりする。だから、ごめん」

わたしは手を合わせて拝むようにした。

「全然。じゃあ録画予約できるタイミングで発表されることを祈ってる」

そう言って笑う風香に、言いたくてたまらない。

――わたし、マクシミリアンのミュージックビデオに出るんだ。


そうして情報解禁されたのが一週間後のことだ。朝の情報番組で流されたサビの部分に、わたしの顔もしっかり映っていた。ミュージックビデオは演奏パートとドラマパートで構成されていて、マクシミリアンのメンバーもドラマパートで役を演じている。わたしの役は看護師であり、保育士であり、警察官であり、殺し屋でありと、各メンバーの妄想の恋人、一種のミューズだ。清楚な雰囲気でメジャーではない俳優、という条件で選ばれた。メインはマクシミリアンのほうだから、顔を知られていない女性がよかったらしい。

スマホが何度も通知を鳴らしている。

俳優仲間やバイト先の後輩など、わたしのLINEを知っている人が、次々と「見たよ」とメッセージやスタンプを送ってきた。いきなり売れっ子になったような気分だったが、それはマクシミリアンの力であり、情報番組の力だ。もともとわたしを知らない人からの反応は当然ながらまったくない。撮影の仕事に向かうために電車に乗っていても、誰もこちらを見てはこなかった。

小さな変化を感じたのは、エレオノーレの掲示板だ。

過疎化しているとはいえ、ライブや新譜の発売など、マクシミリアンに動きがあったときは多少の書き込みがある。感想戦が終わったあとは「楽しかった」とか「また会おうね」という挨拶が飛び交い、わたしも参加したときは書き込む。先日もそうだった。また、薫子さんがわたしを応援してくれているので、わたしがテレビに出るときは宣伝してくれる。風香に伝えたのと同じ理由で、たいていは放送後に「配信で見てね」だけど。とはいえ十河美南なる俳優がいて、掲示板にときどき書き込んでいることは、見ているものには知られている。

薫子さんが興奮気味に、「美南がマクミリのミュージックビデオに出てる、びっくりした、すごいすごい」と書き込みをしたのがわたしの連絡を受けての情報解禁日、その昼のことだった。「すごいねえ」「よかったねえ」という反応がミズタマさんたちからきたのが夕方。一日に複数件の書き込みが入ることは滅多にないので、薫子さんが直接知らせてくれたのだろう。

夕方までだった撮影が夜中まで延びたので、わたしはそれらの書き込みを見ていなかった。仕事終わりから翌日は、スマホに来ていたＬＩＮＥとメールへの返信で追われ、撮影もあったので、見たのは夜だ。

――みんながこんなに応援してるのに、本人、無視なのかな。そもそもこんなに重大なことをずっと内緒にしてたんだよね。薫子さんも知らなかったようすだし。恩知らずだね。自分はほかの人とは違うって感覚かな。


その書き込みは、公式発表翌日の午後になされていた。ハンドルネームは「二十年来のファン」。インディーズ時代からのファンということだろうが、初めて見る名前だ。

そんなこと言われたって。この掲示板は一ヵ月近く書き込みがないなんてざらだ。ネットを毎日チェックする人じゃないと即座に反応することなどできないし、なにより公式発表より先に情報を出せるわけがない。

と思いながらも頭がかあっとして、体温も脈拍も上がっているのがわかった。これ、悪意を向けられているんだ。

返事をしたほうがいい。そう思うけれど、上手《うま》く説明できるだろうか。

メモアプリを開いて下書きをしてみる。忙しくて見ていなかった……これはアリだろうか。売れっ子ぶっていると思われたらどうしよう。事前の情報開示は絶対にダメなので……これはどうだろう。気取っている、特別感を出している、そう捉えられるかもしれない。考えれば考えるほど、わからなくなっていく。

スマホの液晶画面を眺めながらうなっていると、電話の音が鳴った。薫子さんだ。

「今だいじょうぶ？」

「薫子さぁん」

泣きそうな声を出してしまう。それで悟ったのだろう、短いため息が聞こえた。

「見たんだね、掲示板。あたしも仕事と子供にかまけて書き込んだあと放置してたから気づかなかった。管理者権限で書き込みを削除することもできるけど、どうする？」

「削除？」

「そう。もともと過疎ってる掲示板だから、見ている人は少ないと思うけど、目にした人は不快になるよね。『マクミリメンバーへの攻撃、誹謗《ひぼう》中傷は削除します』って掲示板に謳ってるから、文句は言わせない」

「わたし、マクミリメンバーじゃないですけど」

「個人攻撃には違いないよ。個人サイトの掲示板なんだから、管理者のあたしに権限がある。この人の不満はどうあれ、他人にぶつけてくるな、だよ。なにより公開されたばかりのミュージックビデオを楽しもうって気持ちに水を差されたくない」

薫子さんがきっぱりとした声で言う。

「そうですね。お願いします。……ただそれはそれとして、事前にお知らせできなかった理由はわたしから書いたほうがいいですよね。今、文章を考えていたところです。でもどう書けば差しさわりがないか、わからなくて」

「事前に情報を出してはいけない決まりだから、でじゅうぶんだと思うよ。事務的にいこう。それじゃあ、二十年とかいう人の書き込みは削除しておくね」

「お願いします。あの、書き込んだ人が誰かは、わかるんですか？」

「管理者ならわかるのか、って訊いているのならわからない。発信者情報開示なんちゃらとかいう今どきのあれならわかるはず。でも裁判する必要があるんだっけ？　よく知らないんだけど」

「そこまでしていただくほどでは。……ありがとうございました」

　わたしはスマホを持ったまま頭を下げた。

「全然。……あ、ごめん。おめでとうが先だった。それをまず伝えたかったのに、馬鹿な書き込みのせいで、もう。ねえ、生のマクミリ、どうだった？」

「最高でした。みなさん、優しくて。興奮と緊張で固まってるわたしを気遣ってくれて。本当はこの間のライブで薫子さんたちと会ったときに、言いたかったんですよー」

　いいなあ、と悶える声が受話口から漏れてきた。そのあと、お母さんと呼ぶ甲高い声がして、またゆっくり聞かせて、と慌ただしく電話が切られた。

　件《くだん》の書き込みが消されたのを確かめてから、わたしはミュージックビデオ出演の報告と、取り決めがあって情報解禁日まで告知できなかったことを掲示板に書き込んだ。動きののんびりした掲示板だけあって、次の人の書き込みは翌朝になってからだ。「おめでとうございます」のひとことだけだった。


「マクミリのミュージックビデオ、なんで教えてくれなかったの」

　カフェ・フルヤでも、店長からそう言われた。

「情報が解禁されてからじゃないとお伝えできないんですよ。いつもそうじゃないですか。家族にだって教えてないんですよ、同居してないから」

　長いこと絶縁状態で、さほど遠い距離でもないのに帰らなかったけれど、半年前に兄の結婚式で帰省したのを機に両親との関係は回復しつつある。とはいえ、都会に出たまま非正規で働いている子と似たようなもの、と冷めたようすで、諦めの境地だよと言われた。いつか見返してやればいいのよと、励ましてくれたのは義姉だけだった。とはいえこれで、多少は認めてくれるだろうか。

「同居の家族ならいいの？」

「いいというか、台本などを持ってたらどういう仕事に関わっているかわかるってだけです。でも絶対に口外しない、というのがルールです」

「僕だって誰にも言わないのに」

子供のように、店長が口を尖らせている。

「この仕事もオーディションだったの？」

「はい」

「相談してほしかったなー」

「なんですかそれ。そんなにマクミリに会いたかったんですか」

「そりゃあ会いたいよ。会って伝えたいことがいっぱいあるんだ。僕がどれだけ長いことファンでいるのか。だからこそ言いたい思いもあるわけじゃん」

そういう気持ちはわからなくもない。わたしだって身近な人が会ったと知れば、ごねたくなるだろう。ファンの心理とは面倒なものだ。

「次のライブ、ぜひ行ってください。そしたら会えますよ」

ごまかすような言い方で申し訳なかったが、一度仕事をしただけで知人を紹介することなどできない。

「そういうんじゃなくてー」

案の定、店長は不満そうにしていた。


そのまた翌日のことだ。

エレオノーレの掲示板に、例の「二十年来のファン」から新たな書き込みがあった。新たな、といっても内容は先日と同じだ。一字一句まで同じ文章と、先日の書き込みの載った画面を写真にして貼りつけている。

薫子さんに連絡して削除してもらったが、何時間かのちにまた同じものが載せられていた。再度削除してもらってもまた載る。きりがない。薫子さんは仕事と子育てで忙しく、ネットに張りついているわけにいかない。

掲示板が荒らされているので一時閉鎖します、という文章をトップに残し、その後、薫子さんは掲示板を非表示にした。

時間を置けば収まるだろう。そう思っていた薫子さんとわたしだけど、今度は文章中心のメジャーなSNSに舞台が移ってしまった。

――マクシミリアンの私設ファンクラブの掲示板を以前から楽しく利用していたのに、閉鎖になってしまった。原因はマクミリのミュージックビデオに出た十河美南。彼女が仁義を切らなかったせいで管理者が怒ってしまったのだ。

そんな文章とともに、なにも出ないエレオノーレの掲示板のURLと、消された書き込みを写した同じ画像が載せられている。

掲示板が閉鎖されたのはわたしのせいじゃなく、しつこく同じ書き込みがされたからなのに。ひどい誤解だ。いや誤解ではなく、わざと嘘を書いているのだ。こちらのアカウント名はマクシミリアンの歌のタイトル『憧れの季節』で、「二十年来のファン」ではなかったけれど、この投稿をするためにわざわざアカウントを作ったのか、過去の発言はない。同じ人の仕業じゃないだろうか。楽しく利用していたと書いているが、エレオノーレの掲示板で「憧れの季節」なんてハンドルネームを見たことはなかった。

わたしがなにをしたというんだろう。

薫子さんは当該のSNSをやっていない。わたしは仕事の宣伝アカウントを持っているので、それを使ってなんとかできないだろうか。所属事務所で相談してみる。

「駄目よ駄目。そういうのは無視しなさい。エゴサーチもしないで」

事務所の打ち合わせスペースで、眉までひそめながら、副社長の木戸《きど》さんが言った。男女の俳優合わせて二十名ほどという事務所だ。固定のマネージャーがついているのはトップの人だけで、社長や木戸さんもマネージャー代わりに走り回っている。

「だけどしつこいんですよ。マクミリのファンだとプロフィールに載せている人を次々とフォローして、何度も同じ発言を繰り返して」

「フォローされた人は、その人の発言に同調しているの？」

「そこまで細かくチェックをしてないんですけど」

わたしは身を縮める。

「うっとうしいと思っている人が大半じゃないかしら。だってそのエレオノーレって、私設のファンクラブなんでしょ。同じファンではあるけれど、知らない人が好きに活動しているわけよね。他人のいざこざに巻きこまれたい人、いる？　いるなら、そういったいざこざや炎上を楽しみたい人よ」

「私設だけど、老舗です。ファンの中でも一目置かれている存在というか」

「そう。……その老舗にいる、古参のファンの嫉妬《しっと》ということは考えられない？」

あ、とわたしは声を喉に詰まらせた。

「古くから応援してくれている人は、とてもありがたいものよね。でも古いだけに、自分だけがそのアーティストの本当の姿を知っている、そんなふうに考える人もいる。顕著なのはアイドルグループかしら。ただマクミリはビジュアル系から出て、今もスタイリッシュでしょ。カテゴリーは近いんじゃない？　コーキさんが結婚したときもあったじゃないの。インディーズ時代からのファンが特に妬《や》いてて、ネットが凄く荒れた。お相手が地方局の女子アナだったから、その局宛てにカッターの刃や、赤インクで血まみれのようにされたぬいぐるみが送られてきたって話よ」

覚えている。わたしはコーキ推しだったが、その歪んだ熱狂には引いた。

「当時、エレオノーレではそういうのに関わらないよう、呼びかけてました。誹謗中傷は絶対に駄目だと今も謳《うた》っています」

「管理者がそう訴えていても、参加者にはいろいろな考えの人がいるものよ。そんなひとりが、マクミリと共演した、しかも恋人役だったという理由で美南ちゃんに嫉妬を向けてきた。うちの事務所に文句をつけても無視されるだけだけど、その掲示板なら美南ちゃんの目に留まる。あなたを嫌な気持ちにさせられる」

「……嫉妬、たしかにそうですね」

オーディションを受けたときは、そこまでのことがあるなんて考えもしなかったけど、納得できる理由だ。

「だから相手にしちゃ駄目。美南ちゃんは無名……いえ、一部の人しか知らない存在だったからその手の嫌がらせとは今まで無縁でいられたけど、これからそうはいかないの。嫉妬、憎悪、マウント、いろんな声が集まってくる。でも反論したら即炎上よ。無視しなさい」

わたしはうなずく。熱烈なファンの多い俳優と絡《から》むことがあれば、当然そうなるだろう。覚悟を持ってやらなくては。

「ついでにそのエレオノーレにもあまり関わらないように」

木戸さんの言葉に、え、と声が出てしまう。

「言ったでしょ。美南ちゃんの目に留まる場所だって。そこが美南ちゃんの窓口になってしまってる、それもノーガードの。あなたの窓口はこの事務所です。SNSもあくまで仕事の宣伝のみでね」

「それは、いつもそうしてます。返信ができない設定にしてるし」

「これからも同じ姿勢でね。というわけで、次の仕事」

数枚のレジメを、木戸さんが渡してきた。

「連続ドラマのゲスト役。ミュージックビデオを観たっていうキャスティング担当から、ぜひにって。最初に決まってた俳優が怪我をしたそうで、急な代役だけどチャンスだよ。今までのように数シーンしか出ない役じゃなく、主役とがっつり絡むから。ベッドシーンがあるけれど、受けたほうが今後のためになる。考えてみて」

わたしは、役のコンセプトが書かれた一文字一文字を、吸いこむように読んだ。

「ドラマ見たよ。鬼気迫る演技で、でも最後は切ないラストで、美南、すごいなあって思っちゃった」

再び、風香とランチタイムに会った。

背中を押されて引き受けたドラマの役は、復讐のために男に迫っていく女性の悲劇で、放送直後はSNSでもトレンドに上がったようだ。木戸さんから「好評価だった」と連絡がきた。自分では怖くて見られなかったので、それを聞いてやっとSNSにアクセスした。よかった、上手かった、などと好意的に受け止められていてほっとした。

だけど、こういう役はわたしには似合わない、蓮っ葉《はすっぱ》だ、というマイナスの意見も見つけてしまった。それを書いたのは例の「憧れの季節」なるアカウントだ。よほどわたしのことが嫌いらしい。ちなみに蓮っ葉とは、性的に軽薄な女性という意味だ。知らない言葉だったので検索したが、しなければよかった。セクハラだ。

木戸さんからは、気にしないように、嫌な気持ちにさせるのが目的なのだから、と言われた。そして今の勢いを持続させるためにと、新たなオーディションをいくつか提案された。

わたしは身体にボリュームがなく、顔立ちはよく言えば清楚、悪く言えば色気を感じない。だから今までは「いい子」「普通の人」の役しか使いようがなかったのだという。けれど三十歳も近づいてくるし、脱皮したほうがいい、悪役やクセの強い役もできるはずだと、木戸さんは推してくる。わたしにできるだろうか。

「ねえ風香。わたし、今回のドラマみたいな役、似合ってると思う？」

「似合う？」

「なんていうか、悪女っぽい役」

風香が困ったような顔になる。眉をひそめると、手術した目元が少しひきつっているような気がした。

「……今までの役、それほど見ていなくて。ごめん、比較できない」

申し訳なさそうに、風香が上目遣いで見てきた。それはそうだ、とわたしは謝る。

「こっちこそごめん。今までやってきたのは、主人公じゃない人のさらに友人とか姉妹とかの、なんていうか、目立たない役。だけどまっすぐな性格の役が多かった」

「それ言ったら、すごく目立ってた。惹《ひ》きこまれたよ。美南が演じた役の気持ちを考えると泣きそうになった。もしかして撮影がつらかった？　その……」

「ベッドシーンのこと？　それはだいじょうぶ。スタッフを女性で固めて必要最小限の人しかいない場所で撮影したし、撮り方や見せ方の工夫で想像をかきたてるようにしてたから、実際はほとんど脱いでないの。似合うかって訊いたのは、マイナスの意味じゃなくて、逆。演技の幅を広げたい気持ちがあるんだよね。でも、ああいう感じの役が自分に向いてるかどうか、自信がなくて」

　不思議そうに、風香が首をひねった。

「私、ドラマや演技のことを全然知らない素人だよ。参考になることなんて言えないよ」

「それがいいんだって。事務所はGOの一択だし、薫子さんには迷惑をかけてるから相談しづらいし」

「迷惑？」

「そっか、エレオノーレの掲示板、見てないか。……わたしがマクミリのミュージックビデオに出たことで否定的な意見が出て、一時的に閉鎖してるの。SNSでもチクチクと嫌味言われて」

　風香が、ふうんと言って目を伏せた。

「面白い構成のミュージックビデオだったよ。美南の役、四人がちゃんと別々の人に見えた」

「ありがとう。そのへんはまあ、これでもプロだから。マクミリの人たちも優しかったし。ああ、風香が推してるリョーね、すごく紳士的だった。ドリンクとかすっと取ってくれて、オレの相手役やってるときが一番きれいだよだなんて、リップサービスだとわかっててもドキっとしちゃった。好きになりそう」

「駄目だよ、美南はコーキ推しなんでしょ」

　ぎこちないようすで風香が笑う。

「ごめんごめん、風香は同担《どうたん》拒否だったよね」

　同担とは、推し――好きなメンバーが同じという意味で、同じメンバーを推す人を嫌がるのが同担拒否だ。そういえば、別のクラスになったから事細かには知らないけれど、風香が高二のときにクラスで孤立したきっかけが、そのあたりのトラブルだった。マクシミリアンの人気がさらに高まり、いわゆる「にわか」ファンの増えたころだ。

風香が肩をすくめる。

「いつの話よ。高校生じゃないんだから、もうそんなことは言わない」

「だよねえ。だけどそういうのにこだわってる人が、わたしがそれぞれの恋人役を演じたせいで、嫉妬して攻撃してくるんだろうなあ」

「大変だね」

「無視しなさいって事務所から言われたし、なにもできないままなんだ」

「過激なファンっているものね。うちの会社で以前、マクミリをコマーシャルに起用したことがあったんだけど、コーキよりサトルのほうが目立ってるとか、トモのアップがほかのメンバーと比べて少ないのはなぜなんだとか、びっくりするようなクレームが来た」

「そういえばやってたね、コマーシャル。平和に箱推ししてればいいのに」

箱推しという言葉は、グループ丸ごとが好きな場合に使う。グループの誰でもいいのだろう、それは節操がない、と軽んじる人もいるが、全部ひっくるめて好きという考えだってあっていいはず。推しだったコーキも結婚したし、彼らの音楽そのものが好きなので、今のわたしはそれだと思う。

「いくら推しに目立ってほしくても、そういう攻撃したら逆効果だよね。……あっ、風香は広告宣伝部だったたね。もしかしてマクミリ、風香がコマーシャルに起用したの？」

「まさか。私みたいな下っ端、ただの使い走りだよ。上の人が決めた話だし、担当も上の人。それよりもさっきの話の続き。美南がそういう役をやってみたいならやってもいいんじゃない？」

「わたしが？」

「美南の仕事なんだから、美南自身が決めるべきだよ。私は、なにごともやってみなくてはわからないと思ってる」

「ありがとう」

言わせてしまった気がした。誰かにいいよと言ってもらいたい、自信を持たせてもらいたい、そういう下心が少し恥ずかしい。

でも、嬉しかった。

風香の昼休み終了のタイミングで、店を出て別れた。わたしは木戸さんに電話をかける。勧められたオーディションを受けますと。

そのまま電車に乗って、アルバイト先のカフェ・フルヤに向かった。

料理を運び、洗い物をして、お客の注文を取り、皿を下げ、といつもの作業をしながら、幾人かの視線を感じていた。

「なんかわたし、ついてる？　髪でも跳ねてる？」

そう後輩に訊ねたけれど、首を横に振られた。このあと家庭教師のアルバイトがあると、後輩は先に帰っていく。

カウンター内で店長とふたりになったときに、小声で言われた。

「常連の男連中みんなが、美南ちゃんをいやらしい目で見ていたよ。ドラマの予告編に顔が出たから告知OKって聞いて宣伝したんだけど、逆効果だったみたい」

「逆効果ってどういうことですか？」

「だってあんなベッドシーンがあるとは思わなかったんだもの。びっくりした。親御さんには相談したの？」

「親って……もう二十七だし、出てたの背中と脚だけですよ。グラビアよりずっとソフトです」

「そのグラビアだって、美南ちゃん、今までやってこなかったじゃない」

「需要がなかったからですよ」

わたしは苦笑する。身体のボリュームがない、つまり胸がないので事務所もその手の仕事を取ってきていなかった。

「ふうん、でも美南ちゃんがそういう目で見られるのは、僕もつらいなあ」

「だいじょうぶですよ」

お客の視線は感じていたけど、そこまでいやらしい目で見られていただろうか。わたしのことを気にしている、その程度のように感じたけれど。今いるお客も、そんなふうに見てきてはいない。

「帰り、送ろうか。今日のようすを見てると、なんか不安になってきた。たしかアパートのあたり、人通りの少ないところがあるよね」

思わず噴きだしてしまった。

「平気ですって。駅からは自転車だから、変な人がいてもぶっちぎっちゃいます。ご心配ありがとうございます」

店長はまだ納得できない顔をしていたが、追加注文の声に、わたしはカウンターを出ていく。

わたしは小さいながらも何本かのオーディションに受かり、オファーも舞いこむという上向きの状況となっていた。

エレオノーレの掲示板は閉鎖したままだ。薫子さんは、忙しいし掲示板なんてもう古いしそろそろ潮時かも、などと寂しいことを言う。だけど復活したとしても、木戸さんから止められているから今までのように気軽に書き込めないだろう。

わたしに対するSNSの反応や発言も、見ないようにと言われた。おおむね好評、ただし一部のアンチがいて精神衛生上よくないから、とリサーチをくれた木戸さんのアドバイスに従っている。けれどオーディションのあとで妙に高揚した気持ちになった日、事務所近くのオープンカフェで、つい、先日のドラマについての評価をスマホで見てしまった。

――あんなガリガリの背中晒《さら》されたってねえ。

――あの役、合ってないね。親切で言うけど、進退を考えたらってレベル。

わたしは液晶画面を下にしてテーブルに伏せる。

投稿者のアイコンは、ライブグッズやコーキの顔写真といった、マクミリファンだとひとめでわかるものだった。

わたしはよほど嫌われているのだろうか。ミュージックビデオに出ただけなのに。

「これじゃあマクミリライブにも行けないじゃない」

つい、声に出してつぶやき、テーブルに突っ伏した。屋外とあってひんやりしている。頬が冷たい。

「えー？　もう来てくれないの？」

頭の上あたりから声がした。聞きおぼえのある声だ。

驚きのあまりに背筋がひゅんと伸びる。わたしがいたのは歩道沿いにあるふたり席のテーブルだ。目の前の空席だったはずのところに、キャップ姿で薄い色のサングラスをかけた男性が座る。

「似てるなあ、と思って声をかけるタイミングを計ってた。十河美南さん、だったよね」

男性がサングラスをずらして、ちらりとこちらを見る。

「リ……、リョー？」

大声を上げかけて、慌てて両手で口を覆った。

「正解。近くのスタジオに用があって。そういえば美南さんの事務所ってこの近くだよね」

「は、はい」

自分のそばにマクシミリアンのリョーがいるだなんて信じられない。落ち着け、わたし。ミュージックビデオの撮影で会ってるじゃないか。だけどあのときは撮影用に借りたマンションの一室で、シナリオがあって、ほかにも人がいて、仕事として緊張感を持って臨んでいた。

だけど今日はプライベートだ。こんな偶然、あるだろうか。しかもわたしのことを覚えていてくれただなんて。

「ミュージックビデオ、評判いいよ。演出のおもしろさもだけど、美南さんのことも。よく似た女の子を四人揃えたのかと思ったら同一人物だったってことで驚かれて、どの美南さん推しかって話も出てる」

「そ、そんな」

「この間のドラマも見たよ。ほら、復讐で近づく女性のやつ。ぐっときたなあ。おもしろかった」

「……そ、そんな」

ドラマまで見てくれていたとは。気が遠くなりそう。

と、リョーが少しだけ首をかしげた。

「もしかして、オレ、声かけて迷惑だった？　だったらごめ——」

「違います！　全然違う！　き、緊張して緊張して、うまく言葉が出てこないだけで。……め、迷惑だなんて。あ、それにリョーだなんて呼び捨てにしちゃって。……リョーさん」

にっこりと、リョーがほほえむ。

「ありがとう、そんなところもかわいいね」

脳が沸騰するんじゃないかと思った。こんなことが起こるなんて。夢みたいだと思って目をこすったけれど、リョーの笑顔はまだそこにある。ずっと眺めていたい優しい笑顔。

そんな思いを邪魔するように、スマホが鳴った。木戸さんからの電話だ。呼吸を整えながらも慌てて出ると、役が決まったと言われた。

リョーがにこにこしながら電話のようすを見ていたので、さらに声がうわずってしまう。がんばりますと言って電話を終えたときには、安堵のため息が漏れた。

「もしかして新しい仕事、決まったの？」

「はい。あの……、マクミリのおかげです。ミュージックビデオに出てから、声をかけていただけることが多くなって」

「いやいや、美南さんの実力だよ。今まで見つけてもらえなかっただけ。そうだ、仕事が決まったお祝いに、今度、食事に行こう。行きたいお店をリクエストして。どこでも連れていってあげる」

連絡先を交換した。それじゃそろそろ仕事の時間だと、リョーは満面の笑みでウィンクして席を立ち、行きから人たちの波へと消えていく。今起こったことは現実なんだろうかと思いながら見送った。アンチの攻撃で落ち込んでいたことなど、すっかり忘れてしまった。

リョーと食事。そんなことありえる？　なにを着ていけばいいのだろう。いや、どこに行けばいいのだろう。居酒屋と安めのカフェしか知らないわたしには、ハードルが高すぎる。


——二週間後。

わたしは事務所で一通の封筒を見せられていた。

「匿名の相手から送られてきた。中に写真が入っててね。……これ、美南ちゃんだよね」

木戸さんが封筒から写真を取りだして、テーブルに滑らせる。

たしかにわたしの写真だ。わたしとリョーが並んで歩いているツーショット。

「キャップ姿でサングラスもしているけど、こっちはマクミリのリョーさんだよね。どういうこと」

「……食事、しただけです。ほかにはなにもしていません」

「こんな写真もあるけれど」

そう言って見せてきたのは、リョーがわたしの頭に手を置いているものだ。

「どの写真もふたりだけだった。ほかのメンバーも一緒？　それとも彼だけ？」

「リョーさんだけです」

木戸さんが深くため息をつく。

「たとえ食事だけにしても、こんな写真が週刊誌に出たら恋人関係だと思われる。美南ちゃん、あなた今、一番大事なときだってわかってる？　これから俳優として飛躍しようってタイミングだよ。なにやってるのよ！」

「すみません。誘われて……つい、舞いあがってしまって。でも誓って、なにもなくて」

ぱん、と木戸さんはテーブルを叩いた。

「選びなさい。仕事か男か」

「え、でも」

「あなたもいい大人。私生活は本人に任せているって、言っていい歳だとはわかってる。だけど相手が悪い。一緒に仕事をしたのをいいことに言い寄ったとか、逆に恋人に仕事をもらったとか、世間に思われかねない。あなたはまだそういう悪評をはねのける力を持っていない」

反論ができず、わたしはうつむくのみだ。

「どっちを選ぶ？」

「……仕事です」

「わかった。じゃあそういう方向でサポートする」

木戸さんがうなずく。わたしはたまらず声をかけた。

「あの……、その写真、週刊誌に載るんですか？　お金かなにかを要求されたんですか？」

読んで、とばかりに木戸さんは折りたたんだ紙を渡してくる。

A4サイズのなんの変哲もないプリンター用紙だった。印刷された文字が並んでいる。


――リョーと別れろ。さもなくば週刊誌に持ちこむ。見ているぞ。


ぞっとした。

「美南ちゃん、あなた、一部の人にネット上で攻撃されてるよね」

「……はい。でも木戸さんに見るなって言われて、ほとんど見てません」

「ええ。事務の子がチェックして私に報告をくれている。度を超えたものは法的処置も考えています。マクミリのファンらしき人よね。複数なのか、そう装っていて実はひとりなのかわからないけど、リョーさん推しなんじゃない？　パパラッチよろしく彼の立ち寄りそうなところを張っていて、美南ちゃんと一緒にいるところを写真に撮った。私はそう睨《にら》んでる」

そうだろうか、と少しひっかかる。

「でもその人たち、進退がどうこうって、わたしに引退しろと言わんばかりのことをネットに書き込んでいるんですよ。その紙にはそういう要求が書かれてません」

「こんな写真を送りながら引退しろとは書けないでしょ。引退を選ぶということは、イコール、あなたがリョーさんのほうを取るってことだもの。その人たちが最も許せないことでしょう。いずれにせよ、危ない人よね」

過激なファンはなにをするかわからない。コーキが結婚したときも、相手の女性が攻撃された。

「もうリョーさんとは会いません。……もし連絡がきても、一線を引いたお返事をします」

「そうして。この手紙はこちらでも調べます。それと、この機会に今のアパートから引越して。オートロックじゃないし駅まで遠いし、気にはなっていたけど、収入のことを考えると言いだせなくてね。でも今はセキュリティが一番大事です。きっと、仕事は増えていくから」

わかりました、おっしゃるとおりにします。そう答えて事務所をあとにした。木戸さんは、わたしが仕事を取ると信じていたんだろう、不動産情報を複数用意してくれていた。今より家賃は高いが交通に便利な地域だ。家賃が上がるのもつらいけど、住んでる地域が変わるのもつらい。長年やっていたカフェのアルバイトも続けられない。

アルバイトをしなくても生活できるよう、仕事をがんばらなくては。

それにしてもリョーを追いかけているパパラッチだかストーカーだかは、なぜわたしと会うと知ったのだろう。店はわたしからリクエストをした。リョーは、昔、来たことがあるかも、という程度の反応だったから、彼が立ち寄りそうなところではなかったはずなのに。

そこでわたしは、あることに気づいた。

――もしかして。


うちの事務所からそう遠くないビルに入っている会社だ。終業時刻が過ぎて出てきたその人を、わたしは物陰で待っていた。

「話があるんだけど、風香」

背後から呼びかけたわたしに、風香は一瞬強張った顔を見せたものの、表情を緩める。

「驚いた。仕事の帰り？」

「話がしたい。人のいないところで」

そう言うと、風香はうなずいて駅から近いカラオケボックスを検索し、そのまま予約を入れた。ふたりで向かう。風が強いねとか、日が暮れるのがずいぶん早くなったねとか、そんな日常会話さえ、ぎこちなくなってしまう。

ドリンクバーで選んだダイエットコーラとアイスコーヒーをテーブルに置く。これ以上は間が持ちそうにないと、わたしは早々に切り出した。

「単刀直入に言う。風香、うちの事務所に写真を送ったよね。わたしとリョーの写真。あれ、撮れるの、風香しかいない」

風香は、わたしのほうに顔を向けながらも遠いところを見ていた。

「いきなりでよくわからないんだけど、どうして？」

「わたしがリョーと行くお店を相談したから。おしゃれで美味しくて個室があって高すぎないけれど安くもない、そういう店を知らないかって、風香に相談してしまった。一緒に行く相手が誰かは言わなかったけど、うかつだったと思う」

「なぜ私が？」

「それはこっちが訊きたいよ。わたしを尾行でもしたの？　店を張ってたの？　気持ち悪いことしないで」

わたしは思わず風香に手を伸ばす。その手を風香が握ってきた。

「……な、なに」

「美南のため」

「はあ?」

気味が悪くなって、手を振り払った。

風香が気まずそうに手を引っこめて背中に隠す。小さな声で話しだす。

「あの店、個室はひとつだけだから、あたりをつけた日にその部屋の予約ができるか訊ねて、会う日を探った。空ぶりだった日もあったけど、あの日現れたのは案の定、リョーだった」

「認めたね」

自分のした質問だけど、イエスの答えをもらってこめかみのあたりが熱くなってくる。それはもうストーカーじゃないか。

「風香はずっとリョー推しだったね。ネットでわたしを攻撃してたのも風香?」

風香が眉をひそめた。

「それは違う」

「嘘。わたしに嫉妬してたんでしょう。わたしがマクミリのミュージックビデオに出たから。そういえばあのライブの日、薫子さんが掲示板のことを口にしてた。だからまずそこで攻撃して、閉鎖されたらメジャーなSNSに移って。でもなかなか拡散しないから、わたしの演技についてもあれこれと悪口を」

「本当にそっちは違う。信じて」

「信じられるわけがないでしょう。いきなり写真撮って、事務所に送りつけて、週刊誌にチクってやると脅して」

言葉を並びたてているうちに、どんどんと腹が立ってくる。

「週刊誌に持ちこんだりなんかしないよ。だけど……、そうでも書かないと関係が進んでしまうと思ったから。……美南は……、美南は今、一番大事な時期で」

「そう事務所の人間が言うだろうと踏んだわけだよね。まんま言われたよ。しっかり怒られた。二度と会わないと約束させられた。計算通りだね」

「違う……、ううん、その計算はした。だけどそれは美南が本当に心配だったからなの」

「心配される理由はない！」

わたしはコーラのグラスを握って飲み干――そうとしたけれどむせて飲み干せなかった。炭酸飲料を選ぶんじゃなかったと、それも悔しくて怒りに拍車がかかった。

立ちあがる。

「さよなら。再会しなきゃよかった」

鞄を持って、扉に手をかける。

「私は再会できてよかったよ。高二のときに美南が私と一緒にいてくれたこと――」

風香の声が追ってきたけれど、扉を閉めた。残りの言い訳はもう聞きたくない。

写真を撮って送ってきたことだけでも許せないのに、その理由がわたしのためだなんて、ふざけないでほしい。コーラをひっかけてやればよかった。

許せない。絶対に許さない。

「遅いよ、美南ちゃん」

翌日の昼すぎ、カフェ・フルヤに駆け込むと、店長にたしなめられた。忙しいランチのピークタイムが終わった時間だから、叱責を受けるのは当然だ。

「すみません。昨夜、急遽実家に行く用があって、始発で戻るはずが寝坊しちゃって」

「なに？　トラブルでもあったの？」

大きすぎるほどのトラブルだけど、店長にする話ではない。

「いえ、だいじょうぶです」

「本当に？　なんでも相談してよ。美南ちゃんに困りごとがあるなら僕が対処するよ。頼ってよ」

「ありがとうございます。店長には今までよくしていただきました。……実はその」

「なになに？」

店長が身を乗りだしてくる。店にはまだお客がいたので、あとで、と軽めに言った。

少ししてお客も後輩のバイトも帰ったあと、洗い物を終えたわたしは、カウンターの内側で店長と向き合った。頭を下げる。

「アルバイトを辞めさせていただきたいと思っています。長い間お世話になりました」

店長が、目も口もぽかんと開けている。

「ちょ、ちょっとどうして。意味わかんない。辞めないでよ。僕、なにかした？」

なにも、とわたしは手を横に振った。

「引越しをするんです。セキュリティのしっかりしたところに住んだほうがいいと事務所からアドバイスをいただいて。そこ、少し離れてるので、ここでの仕事はもう」

「この近くだってそういったマンション、いくらでもあるじゃない」

「交通の便も理由のひとつで」

「どこ？　どこに行くの」

「……それはちょっと」

木戸さんから、どこからどう漏れるかわからないから、今後はあらゆる情報に気をつけてと言われている。

「言えないの？　僕と美南ちゃんの仲なのに」

「えっと、仲って」

「僕、美南ちゃんのわがまま、ずっと受け入れてきたんだよ。急な休みも認めたし、賄《まかな》いも好きなものを食べさせてあげた。美南ちゃん以外にそんなバイトさんいないよ。そもそも美南ちゃんが来るまでは、賄いだってなかったよ」

「わたしがいなかったときのことを言われても……」

引き留められるにしても、どうしてこんな話の展開になっているのか、わたしは困惑していた。

「僕の気持ちをわかったうえで甘えてきたんじゃないの？　マクミリのライブだってそうだったじゃない。ライブだけじゃなく、エレオノーレのみんなと感想戦も楽しんだんだよね。だから翌日の昼まで休みにしたんだよね。本当は来てほしかったけど、わかってたから僕も受け入れた。そんな気持ちを美南ちゃんは利用して——」

——感想戦？

「待ってください。店長はエレオノーレをご存じなんですか？　あのサイトを訪れる人、ほとんど女性なのに」

「男は見ちゃいけないの？　男女差別だよ。それに誰が見てるかなんて実際わかんないだろ。僕はマクミリのファン歴が長いから、耳に入ったことぐらいある」

「だけど、感想戦のことまで知ってるってことは、掲示板も見ているということですよね」

あの掲示板では、感想戦が終わったあとにお礼の挨拶が飛び交うのが常となっている。わたしも書き込んでいた。……先日のライブのあとも。

「いや、美南ちゃんが僕に言ったんだよ」

「言ってません。仕事でもないのに休んだことを申し訳なく思ってたから、さらに楽しんだなんて話、できませんよ」

店長が、ごまかすかのように笑っている。

「あの掲示板に何度も書き込みをしたのは、店長だったんですね。……そういえばミュージックビデオに出たことを、店長は、なんで教えてくれなかったのと言って、ご不満そうでしたよね。掲示板に書かれた、こんなに重大なことをずっと内緒にしてとか、恩知らずといった言葉も、薫子さんにかこつけてわたしを責めたんですね」

「知らないよ」

「この間のドラマの役も、いやらしい目で見ていたと常連さんにかこつけました。わたし、そんな目で見られてませんでしたよ。あれは店長自身の気持ちですね」

店長は首を横に振る。

「違う。僕は、美南ちゃんにもっと純潔な役をやってほしいだけだよ。美南ちゃんには似合わないよ、あんな蓮っ葉な役」

「……蓮っ葉」

「当たってるだろ。ひどい女の役だったじゃないか」

「それ、SNSに書かれた言葉です。ちょっと古い表現ですよね。検索しなければ意味がわかりませんでした」

やっぱりそうだ。あれらは全部店長のしわざだったんだ。

「み、美南ちゃんが言葉を知らないだけだよ。普通に言うよ！」

「……わたしの悪口をネットに書きながら、一方でバイトを辞めるなだなんて、いったいどういう理屈なんですか」

苦しそうに、店長の顔が歪む。

「なぜわからないんだ！　美南ちゃんが大事だからじゃないか。多くの人の前で肌を晒して。どんな風に利用されるか、考えたことあるの？　ミュージックビデオだってそうだよ。ミニスカートのナースなんていない。警察官の服もコスプレさながらで最悪だ。ああいうのは性的に消費されるんだよ。いくらマクミリだって、あれはひどすぎる。彼らは音楽しか経験していないから、一般常識がないんだ。相談してくれれば僕が伝えてあげるのに。ファンだからこそ言いたい」

マクシミリアンに会いたいとか言いたい思いもあるとか、店長が話していたのはそういう意図だったのか。

店長の手が伸びてきた。わたしは身体を引くが、狭いカウンターだ。肩をつかまれてしまう。

「離してください」

「美南ちゃん、今までずっとがんばってきたよね。何度も何度もオーディションを受けて、小さな役をコツコツとやって。誰よりも僕が知っているよ。でももうがんばらなくてもいい。僕が養ってあげるよ。楽になってもだいじょうぶなんだ。事務所とも手を切らないと。いくら売れるためだからって美南ちゃんにあんな仕事をさせるなんて、とんでもないところだ」

わたしをやめさせるために、ネットに書き込んだとでも――？


手の届くところに水の入ったグラスがあった。昨夜のことを思いだし、いざとつかんで店長に中身を引っかける。

「勝手にジャッジしないで！　仕事はわたしがやりたいからやってるんです！」

店長が怯《ひる》んだ。

と同時に、扉の開く音がした。誰かが――お客がやってきた。

わたしは店長を突き飛ばす。

「失礼します！」

カウンター下に置いていた鞄をつかみ、お客とすれ違う形で店から飛び出た。


ネットでわたしを攻撃していたのは、風香じゃなかった。

店長が、勝手にわたしの保護者のような気になっていたんだ。……いや、保護者じゃない。まさに妄想の恋人、自分のものであるかのように思い込んでいたのだ。歪んでいるにもほどがある。

この気持ちの悪さを振りはらいたい、と思いながら強く自転車を漕ぐ。

一方で、風香を疑ってしまったという申し訳なさは、いくら漕いでも振りはらえなかった。だけど風香は、密かにわたしの写真を撮って送りつけてきた。そんなの許されることじゃない。だからわたしだって……と、それ以上はもう考えないようにする。どうせ絶交したのだ。

鞄のなかでスマホが鳴った。

わたしは自転車を止め、道の隅に寄って電話を受ける。木戸さんからだ。はい、と返事をするよりも先に、木戸さんが叫ぶ。

「ネットニュース見て！　マクミリのリョー。いったん切ります。二分後にかけるから」

木戸さんの慌てた声に、啞然とした気持ちと、まさかわたしとの写真が出たのではという恐怖が、ないまぜになって襲ってくる。

スマホを持つ手を震わせながら、ニュースアプリを開けた。検索の枠に文字を入れるまでもなく、すぐ下にニュースのタイトルが見えていた。

「涙の告白、マクミリのリョーは既婚者だった……なにこれ……」


——人気のロックバンド、マクシミリアンのリョーこと曽我部凌《そがべりょう》と、一年もの間、交際していたと話すA子さん。妊娠が発覚したと告げると、慰謝料は払うからと堕胎を迫られた。今は産めないということかと訊ねるも、彼は言葉を濁す。不審に思ったA子さんが調べると、リョーは五年も前に極秘結婚して子供までいた。怒るA子さんに、彼は最初に提示した額の数倍の慰謝料を出すと約束し、その代わり今回のことも妻子がいることも絶対に口外しない、という誓約書へのサインを懇願し………

手の中のスマホが、再び音を鳴らす。木戸さんの名前がある。

「読んだ？　こういう展開になってくると、あなたの写真、場合によっては出てしまうかもしれない。リョーさんが結婚してることは知らなかったのよね、もちろん」

「はい。……でも出ない……と思います」

はあ？　と木戸さんの声が尖った。

「報告が遅れてすみません。誰が写真を撮ったかわかったんです。撮った子の目的はわたしがリョーさんに近づかないようにすることで、彼女はリョーさん推しだから、彼を貶《おとし》めることはしないはず」

「撮った子？　彼女？　それ、知ってる人ってこと？　誰なの」

「友人です……でした。昔の。昨日、事務所を出てからそれに気づいて、話もしました。わたしのためだなんておためごかしを言われて……」

本当に、おためごかしだったんだろうか。

風香と接したときの、いくつもの違和が迫ってくる。

あれだけ好きだったマクシミリアンのライブに行ってなかったのはなぜなのか。わたしの出したミュージックビデオについても、わたしを褒めたほかは面白い構成だったというだけのあっさりした反応だった。そして風香の勧める飲料メーカーで作ったコマーシャルの話。風香が広告宣伝部で使い走りなのは本当かもしれないけれど、それだけでは接する機会がないことの証明にはなっていない。

リョー推しの風香だ。もしも誘われたなら、喜んでついていくだろう。

そして、この記事のA子と同じ目に遭ったのでは。

うかれているわたしを見て、風香は不安を感じたに違いない。分不相応な店の紹介を頼むわたしに、リョーが触手を伸ばしたと思ったのだろう。リョーがなにをするか、風香はよくわかっていたから。

だけど慰謝料をもらった風香は、誓約書もあって本当の理由をわたしに話せない。

写真を送ってきた真相は、そうだったんじゃないか。

風香の言葉は、真実だった。

「美南ちゃん？」

黙ってしまったわたしに、木戸さんが不安の声を出す。

「すみません、だいじょうぶです。写真もきっとマスコミに流出しないはずです」

「本当に？　私をそのご友人と会わせてもらえる？　私からもお願いするし、場合によってはこちらで買い取ることも考える」

「それは彼女にたしかめてから……あ」

まずい。今考えたことが真相だとしたら。

「あ、ってなによ。どうしたの？」

「ちょっと急いでやらなきゃいけないことがあるんです。すぐまた連絡します」

困惑する木戸さんの声を無視して電話を切った。

わたしが昨夜遅くに急遽実家に行ったのは、高校の卒業アルバムを取ってくるのが目的だ。高校時代のスマホからは風香の写真を消したけれど、卒業アルバムの写真はそのままだ。

そこには、整形前の風香の顔写真がある。

風香と別れた帰り道、わたしは仕返しをしようと考えた。昔の風香の写真を送り、自分と同じように、脅された怖さを味わわせたい、と。

同時に、風香がわたしとリョーの写真を世に出すことがないように、とも考えた。

整形前の顔写真を会社にばらまかれたくなかったら、わたしの写真を消去しろと。

隠し撮りをした風香を許せないと思っていたし、週刊誌に持ちこんだりしないというのも信用できなかった。


風香宛ての手紙は、出がけに投函してきた。早ければ明日にでも届くかもしれない。

あれを見たら、風香はどう思うだろう。

風香は、わたしを守ろうとしてくれたのに。

年賀状の仕分けや配達と、郵便局でバイトをしていたわたしは知っている。郵便には「取戻し請求」というものがある。手紙は、相手に届くまでは取り戻せる可能性があるのだ。集配される郵便局に行って手続きをする。……ただし可能性、だ。追跡番号のついていない郵便物なので見逃しもある。絶対に取り戻せるわけではない。

だけど、やってみなくてはわからない。

わたしは自転車の向きを変え、ペダルに力を籠める。

まだ間にあうならば。

03

三年二組パニック

1

卒業式の予行演習が無事に終わった。

なぜ二日続けて同じようなことをするんだと思うのだろう、だるそうにしている生徒も多かった。特に男子にその傾向が強く、当時は僕もそうだったと十数年前を懐かしむ。しかし教師になってわかったのだが、照明やマイクなどの機器の調整、段取りや時間の割り振りの確認もろもろと、やることはいっぱいあるのだ。一年に一度の、けれど生徒にとっては一生に一度のセレモニーに向けて、準備を万全にしなくてはいけない。

生徒の進路は、まだすべて決まったわけではない。国公立大学の前期試験は終わったが、結果が出ていないのだ。

だがそのほうがいい。以前勤めていた高校の卒業式は、前期試験の結果が出たあとの日程になっていた。大半が解放感に包まれているなかで、努力叶わず落ちてしまった生徒は、後期試験に賭けることになる。浪人決定とおどけるもの、すっかり落ち込んでいるもの、周囲に気を遣うものもいて、見ていられないのだ。それならばいっときの解放感を味わわせてあげたい。

この先、人生にはつらいことがあるだろうから。

予行演習後のホームルームを終え、自分もどこか高揚した気分で職員室に戻ってきたところ、教頭から妙な話を聞かされた。

「穂高《ほだか》先生、三年二組のことで噂があるんですよ。卒業式で、誰かが誰かに仕返しをするつもりだと」

「仕返しって、なんですかそれ」

「わからないんですよ。私は保健室の関《せき》先生から聞いたんです。関先生は、生徒同士の話を小耳に挟んだと。驚いてその生徒に訊ねたら、そんな噂があるといった程度ではっきりしないようですが、三年二組パニックと言っていたそうです」

「三年二組パニック？」

「先生のクラスでなにか、尾を引いたままになっているトラブルはありますか」

僕は記憶を探ってみる。

「そうですね……。すみません、僕、十月までは副担任だったこともあって、すぐには……」

「ああそうだった。主担任は小林《こばやし》先生のほうでしたね。彼女、だいじょうぶですかねえ」

教頭が、意味深長な表情をする。

僕が現在受け持っている三年二組は、もともとは小林里奈《りな》先生が主担任だった。昨年度まで副担を任《にな》っていた彼女は、二十五歳……いや春の段階では二十四歳で、はじめてクラスの主担任をすることとなった。前向きで張り切っていたのだが、現在休職中だ。

一組と二組の副担任と全体の進路指導を受け持っていた僕は、スライドして二組の主担任となった。一組の副担は外してもらったが進路の担当はそのまま、うちのクラスに副担はつかなかった。まあ仕方がない。人員不足なのだ。

「小林先生に訊いてみますか？　訊くなら僕から連絡しますが、体調もあるでしょうから最後の手段にしませんか。問題があれば、これに記されていますので」

僕は業務日誌をめくっていく。ああ、とつい声が上がった。

「六月に森野伸《もりのしん》と木場陸斗《きばりくと》がトラブってますね。一組の女子を巡ってのようです。ちょっと長引いてしまったようですね」

「その後どうなったか、ご存じですか」

知っているだけに苦笑してしまった。

「問題の女子ですが、同じ一組の男子と仲良さそうに下校するのを目撃しちゃったんですよね。見たのはいつだろう……、一組の副担から外れるか外れないかぐらいだから、十月の下旬ですね」

「ふたりともふられたわけだね。じゃあ除外できますね」

教頭がほっとした表情を見せる。

「遺恨が残っているかもしれないので、一応チェック対象にしましょうか。……それから」

ページを大きく飛ばした。

「井上優唯《いのうえゆい》、十月はじめから二週間ほど不登校になっています。原因はクラスの、主に女子のなかで疎外感を抱いたから、いわゆるシカトをされたためですね。きっかけになったのが唐沢心美《からさわここみ》との諍《いさか》いですが、双方の言い分が食い違っています。今となってはどちらが正しいかわからないままです」

「解決しなかったんですか」

「私の呼びかけで互いに謝って、それ以降は井上も普通に登校しています。ただ、ふたりが話をしているところを見たことがなく、避けあっているようすですね」

うーん、と教頭が首をかしげて唸《うな》っている。

「平和裏にすごすため距離を置いたと解釈しています。十月ともなれば受験が目の前に迫っていて、シカトやいじめといった非生産的なことにかかわっている時間はないと、分別のある人間ならわかるでしょう。うちの生徒は、それぐらいの判断はつくはずですから」

僕は続けた。東大や京大への合格者が続出とまではいかないが、毎年ひとりふたりは入学する進学校だ。勉強ができるから素行もいい、と言いきることはできないものの、打算はできる。

「そうですよね。なにしろ半年、いえ五ヵ月まえのことですしね」

教頭が安心を求めたい気持ちはわかる。

だが打算ができるからこそ、ひとまず手打ちをしておいて卒業式まで待つ、そういう考えもあるはずだ。

「ただ教頭、井上はこのときの不登校のせいで欠席日数が規定を超えたため、志望していた大学に推薦できなかったんです。一方で、唐沢は一般入試でその大学に合格している。井上としてはおもしろくないでしょう」

「井上の進学先は？」

教頭の声が、不安げに揺れる。

「その後成績を伸ばしたことにより、第一志望をひとレベル上の国立にしています。私立も合格してますが、当初の志望大学は受験していません。理由を訊いたら、腹が立ったからと言っていました。大学側が不合格にしたわけではなく、うちが推薦しなかったのですが」

「良いほうに考えれば負けん気が強い、けれど悪く考えると恨みを募らせるタイプ……そういう生徒なんでしょうか」

「割とおとなしい子なんですがね」

声が小さく、色白で小柄だからそう見えていただけだろうか。顔立ちもかわいい子だ。対する唐沢は派手な印象の美人で、発言力があり女子のリーダー的存在だ。

「穂高先生、その子に注意をしてくれませんか」

「はい。ですがもう少し状況をたしかめてからのほうがよいと思います。逆効果になってはいけませんので」

ほかにも小さな諍いはあっただろう。SNSなどを介したトラブルなら把握するのがむずかしいかもしれない。本当にそんな噂が立っているのか、まずそこから確認したほうがよさそうだ。


うちの学校は就職する生徒より進学する生徒のほうがはるかに多いため、三年生の授業は大学入学共通テストまでに終わらせて、その後は自由登校となる。決められた登校日のほかは、教室や学校の図書館で勉強したほうが家よりはかどると考える、近場の生徒が来るぐらいだ。噂など、どうやって広まるのだろう。SNSやLINEだろうか。だとすれば、それらを見せてもらうのが早いかもしれない。

僕は急いで二組の教室に戻った。今日は予行演習とホームルームだけだったため昼過ぎの下校だったが、まだ残っている生徒がいるかもしれないと期待した。

思っていたとおり、何人かの生徒がいた。しかも、六月に問題を起こした森野が残っている。これでわかればありがたい、とばかりに声をかけた。

「ちょっと来てくれるかな、話があるんだが」

男子三人が机を囲んで歓談しているなか、森野に声をかけた。森野が噂の件に関係しているなら立場をなくしかねないので、ほかの生徒から離したほうがいいだろう。

「なに穂高先生、俺を疑ってるの？」

森野の発言に、あとのふたりが弾けるように笑った。

「なんのことかな」

「とぼけなくていいよ。噂だろ、うちのクラスで仕返しがあるって噂。俺もさっきこいつらから聞いたところだよ。俺じゃないからね。木場とは失恋仲間」

あけすけな言い方にほっとする。と同時に、あまりにしれっとした顔を見て、嘘をついていないかと疑う気持ちも湧いた。

人は、嘘をつく生き物なのだ。

「すまなかった。僕も噂を知ったばかりでね。正直困っているんだ。せっかくの卒業式にトラブルは避けたいだろ。その噂はどこから聞いたのかな。ＬＩＮＥかなにか？」

僕は軽く頭を下げ、三人を見回す。

「一組の女子から聞きました。だからてっきり森野が、木場か元カノの新しい男に、なんかするのかと」

「二組でなにかが起こるって話じゃなかったっけ。元カノの新しい男、関係なくね？」

噂を持ってきたふたりにも、詳細はわかっていないようだ。

「だからそういう終わってる話、するなよ。俺は大学で新たな出会いをするんだから。木場ともそう言いあってるよ。どっちが先にカノジョを作れるかってさ」

森野が笑い、ふたりが肩を叩きながらがんばれよと励ましている。三人とも春からの生活に思いを馳せていて、見ていて清々《すがすが》しい。これなら、森野は違うのではと思った。彼らから噂を持ってきた一組の女子の名前を聞きだし、早速、隣の教室に向かう。

一組の教室に、その子はいなかった。いったん職員室に戻って名簿を確認しよう。基本、生徒の電話番号は、自宅のものしか載せられていない。そろそろ帰宅しているころだろうか。

廊下に足を踏みだしたとたん、目の前を二組の斎藤奈緒子《さいとうなおこ》が立ちふさがった。

「おー、驚いた。ぶつかるかと思ったぞ」

「先生、さっき森野くんに訊いてた話、……その、噂の話だけど」

「ああ、聞こえていたか。なんか変な噂があってな」

そう言うと、斎藤はうつむき、両のてのひらを合わせて頭より高く上げた。

「その噂たぶん、私が発端だと思う。一組まで届いて、また戻ってきたんだね。二組は二組で噂が回っていたんだろうけど」

「誰が誰に仕返しをするか、知ってるのか？　教えてくれ」

「それは知らない」

発端のくせにそれはどういうことだ、とずっこけそうになる。

「順を追って、詳しく話してくれないか」

「うん。私、一年に妹がいるのね、剣道部なんだけど。その妹が、武道場の裏から『卒業式で仕返しをするんだ』『三年二組パニックって名前で語り継がれるかもね』って話してる声が聞こえてきたって言うの。それを私がＬＩＮＥで華《はな》ちゃんに伝えて、そこから広がったんだと思う」

華というのも二組の生徒だ。斎藤と仲良くしている。

「妹さんは、話をしていた生徒の顔を見ていないのか？」

「見てたらそれも一緒に言ってくれているよ。女子の声だってことしか聞いていない」

うちのクラスには剣道部だった生徒はいない。たまたまそこで話をしていただけなのだろうか。

そして、女子ということはやはり井上なのか？

2

家に帰ったら、留守番電話のマークがチカチカ光っていた。わたしの家は最初に帰宅した人が確認をして、必要があればその家族にＬＩＮＥで知らせるルールだ。家電《イエデン》なんてほとんどが親への用件だから、正直めんどうなだけだけど、今日のは穂高先生からの留守録だった。しかも折り返してくれという。受験の関係でなにかあったのかと不安を覚えながら電話をしたら、突拍子もないことを言われた。

「優唯が心美ちゃんに仕返し？　なんですか、それ。知りませんよ」

「文月《ふみつき》じゃないのか？　井上が武道場の裏で話していた相手は。きみは井上とは一番の仲良しだろう。だからまずは確認しようと思ったんだよ」

困惑するわたしに、穂高先生は流れている噂と、その発端になったという奈緒子ちゃんの妹が聞いた話を説明してくれた。

「ちょっと待ってください。わたしはその噂そのものを知らないんですが」

「当事者の耳に入らないようにしてたんじゃないかな」

「でも先生、その仕返しって話をしていた人が誰なのか、そこからわからないんでしょ。どうしてそれで、わたしが当事者なんですか」

「たしかにそうだが、井上のほかに、女子のトラブルを思いつかないんだよ。十月までは副担任だったから、細かいことに気づけていないのかもしれないけれど、あるなら教えてほしい。仕返しだなんて発想がでるほど、禍根を残すトラブルだぞ？」

副担でもクラスのトラブルは共有しようよ。なにより、優唯がその噂の人だって決めつけないでほしい。

「思いつきません。一、二年のころの話かもしれないし」

「さすがに古すぎるだろ」

「優唯の件だって古いですよ。半年？　五ヵ月？」

「だけど推薦が流れたよな」

そういえばと思いだす。けれど優唯はその後、より偏差値の高い大学を目指すことになった。当時は恨んでいたかもしれないけど、いまさら仕返しなんて考えるだろうか。

「そんなに疑うなら、直接本人に訊けばいいじゃないですか。卒業式は明日なんだし」

「疑われていると知ったら、余計に腹を立てるかもしれないだろ。だから文月に訊いたんだよ。井上が計画を打ち明けるとしたら文月しか考えられない。親友じゃないか」

その言葉は、いよいよ高校卒業だと浮かれていた気持ちを冷え込ませた。

仲はよかった。今もクラスのなかで一番仲がいいし、それなりにおしゃべりもしている。だけどそれは、ほかの子と比較した場合での仲のよさだ。あのころ味方になってあげられなかったわたしを、優唯はきっと見限っている。この先もう一生、それまでのわたしたちには戻れない。

「とにかくわたし、優唯とはそんな話をしていませんので」

じゃあ、と電話を切ろうとしたところを「だったら」と穂高先生が止めた。

「こんな噂を耳にしたんだけど、なんて軽く井上に訊いてみてくれないか」

「わたしがですか？　そんなことしたら、わたしが優唯を疑ってるってことになるじゃない。いやですよ。先生が訊けばいいじゃないですか」

「もちろん先生だって訊くよ。注意しなきゃいけないからな。だけどいきなりだとびっくりするかもしれないから、まずはジャブを打ってみてさあ」

そんなこと言われても、と頭を抱えてしまう。だいたい、優唯はもう心美ちゃんのことなんて眼中にないと思う。優唯はあのことをきっかけに、わたしも含めて周囲の子たちとの間に一線を引いた。そんな気がしてならないのだ。

「……わかりました。でも本当に、ちょっと訊くだけですよ」

「ありがとう。助かるよ。やっぱり文月は友人思いだ」

しぶしぶイエスと答えたわたしに、穂高先生はまた残酷な矢を放ってくる。

本当に友人思いだったら、あのとき逃げなかった。

わたしは、自分思いだったのだ。だから今回こそ優唯の味方になって、穂高先生は勘違いしてるって言いたい。だけどもしももしも、優唯が心美ちゃんに仕返しをしようと思ってるのなら、説得して止めたい。

そのあと穂高先生は優唯の反応を教えてくれと言い、すぐに連絡がつくようにとスマートフォンの番号を教えてくれた。生徒と教師の間でスマホの番号やＬＩＮＥを教えあうことは、よほどのことがない限りしていない。穂高先生も、それだけ困っているのだろう。

わたしのほうはスマホの番号を教えなかった。これ以上なにかを頼まれたくなかったからだ。

はあ、とため息とともに自分のスマホを手に取る。

優唯になんて訊ねよう。ＬＩＮＥのメッセージでいいだろうか。通話にしたほうがいいんだろうか。はあ、とまたため息が出た。

優唯がクラスで孤立したきっかけの真相は、いまもはっきりしない。

心美ちゃんを傷つけることを言ったから、とされているけれど、優唯は何度も否定していた。わたしも優唯がそんなことを言うとは思えない。

――心美ちゃんは家族がいないから自分で好きに進路も将来も決められていいな、だなんて。言った言わないの話になっているから、一字一句同じじゃないだろう。でもそういう内容らしいのだ。

心美ちゃんはひとりっ子。お母さんは早くに死んでいて、五月にお父さんが交通事故で亡くなった。お父さんのお姉さん、伯母さんが保護者となったけど、四月生まれの心美ちゃんはすでに十八歳、成人になっていた。つまり保護者といっても形だけで、自分でなんでもできるのだ。そしてお父さんの事故も相手が一〇〇パーセント悪い形だったため、慰謝料や生命保険金などもあって、大学の学費も奨学金を借りずにすむという。ちなみに伯母さんたちもいい人らしく、自分の子供も好きなように生きてきたから心美ちゃんも自由に生きなさい、応援するよと言ってくれているらしい。好きに生きた子供たちの結果は公務員と薬剤師だそうで、誰も生活に困っていないから、心美ちゃんに遺されたお金が狙われるなんてサスペンスドラマは、起きそうにない。と、生きるためのカードは持っている心美ちゃんだけど、両親がいないハードモードと引き換えだなんてさすがにキツすぎる話だ。みんなも、気を遣って触れないようにしている。

優唯は真面目《まじめ》でおとなしい子だ。そんな優唯が、たとえ愚痴代わりでも冗談にしても、そんなことを口にするはずがない。

なのに心美ちゃんは優唯にそういう内容のことを言われたという。心美ちゃん以上に、いつも彼女と一緒にいるニッシーと麻子《まこ》ちゃんが激怒していた。優唯の否定の声は届かず、違うと言えば言うほど非難された。優唯の進路だって、別段、親の反対になんて遭っていない。だから言うはずがないと訴えていたけど、本当のことはわからないと、誰も聞く耳を持たなかった。

先生も頼りにならない。主担任の小林先生は指導力がなく、六月に男子同士が揉めたときも問題を放置していたと聞いている。副担任の穂高先生だって最初はまごまごしていたし、最終的には解決させたけれど、それもどうだかな、という終わり方だった。

心美ちゃんは気が強いタイプだし、ニッシーと麻子ちゃんもそっち系、いわゆる陽キャというやつだ。対して優唯とわたしは陰キャ。どちらの声がクラスで通るか、誰でもわかる。女子の諍いからは距離を置いている男子でさえ、おまえヤバいことを言ったんだぞ、と非難の目で優唯を見ていた。

――だから言ってないって。

ある日、優唯はそう叫んで、学校に来なくなった。一週間目くらいまでは自業自得というようすで見ていたその他大勢も、だんだんと優唯を心配しはじめた。尻馬に乗って騒いだことを反省したのか、三年生の秋という時期に、シカトなんていうめんどうなことに関わるのが嫌になったのか、当事者同士の問題だよね、ちょっと言葉が滑っただけでは、なんて言いだす始末だ。そして穂高先生がふたりに呼びかけて、どちらも水に流そうと、つまりはもうこれ以上掘り下げないという形で仲直りをさせた。

わたしはそれが、腹立たしかった。掘り下げないということは、言った、ということでこの先確定してしまう。不公平なのだ。だから穂高先生の解決方法に、納得していない。

でもわたしには、なにかを言う資格がない。

わたしは逃げた。優唯がそんなことを言うはずがない、言ってないって言っている。そう反論はしたけれど、証拠があるのかとニッシーにつっこまれて固まってしまった。よく考えれば言ったという証拠だってないのに、そこで終わってしまった。いざこざに巻きこまれるのが怖くて、なにもできなかったのだ。情けない友人だ。

優唯が学校に戻ってきたのは、受験が目の前に迫っているからだろう。居心地がよかろうが悪かろうが、今は勉強が第一、友情など育《はぐく》む必要はない、そう思ったのだ。

以来、真面目でおとなしい優唯に、クールという一面が加わった。余計な話をしようとせず、ひっそりと教室にいて、コツコツと勉強を進めていた。

わたしに「味方をしてくれてありがとう」と言ってくれたけれど、あれは本心なのか、うわべだけの言葉なのか、それとも皮肉なのか。わからないし問い質すこともできない。

味方なんて、全然できていなかったのだから。

――ある噂について穂高先生から電話があった。卒業式にうちのクラスで、誰かが誰かに仕返しをしようとしている、そんな噂。誰を指すのかわからないけど、穂高先生は優唯を疑ってる。わたしに知らないかって訊ねてきた。

結局、LINEのメッセージを送ることにした。

返信がきたらそこで通話に切り替えよう。そう思ったのだ。

けれど既読にならない。十分、二十分経ってもだ。話の持っていき方がまずかったのかもしれない。LINEはアプリを起ちあげなくても、設定すればメッセージの冒頭部分をスマホのホーム画面で読むことができるから、警戒されたんじゃないだろうか。もっと無難な話からはじめればよかった。だけど読んでもらえたとしても、返事がなければ同じことだ。

自分のメッセージを眺めたまま、電話のマークをタップして通話にしてみる。出てくれない。

どうしよう、と思い続けて四十分。穂高先生を放っておくわけにもいかないと電話をかけた。けれど先生も出てくれない。なんなんだよもう、と思ったけれど、こちらは留守番電話に切り替わった。メッセージも音声通話も返事がありません、そもそも既読になりません、と入れておく。

優唯が仕返しなんてするわけがない。穂高先生の誤解だ。そう思いながら明日の準備をする。

制服に、滅多にかけないエチケットブラシをかけてみる。爪にやすりをかける。そうやっているのに、頭の隅にいろんな考えが浮かんでくる。止まらない。

気になる、とわたしは立ち上がった。コートを手に取る。

玄関を出ようとしたところで帰ってきたばかりのお母さんと鉢合わせした。

「どうしたの、彩芽《あやめ》。出かけるの？　コンビニ？」

「ううん……、ちょっと、その、優唯ちゃんのところ」

「今から？　どうして」

優唯の家は電車で三駅先だ。

「んーと、なんていうか、明日のために」

眉をひそめているお母さんに、ごめん、と頭を下げた。

「スマホ、こまめにチェックするからなにかあったら連絡して。すぐ帰るから。じゃあ！」

返事も聞かずに駆けだした。

3

僕がトイレに入っていたタイミングで文月から電話があり、出られなかった。かけ直そうと思ったけれど、井上と連絡がつかないのなら、話をしてもしようがない。諦めて、自分で井上の家に電話をした。文月にかけたときと同じように、留守番電話のアナウンスになった。連絡がほしいとだけ入れておく。

続けて唐沢心美に電話をした。最初は出なかったが、再度かけると「はい」と不機嫌そうな声が返ってきた。

「なんか用ですか、センセー。あたし明日のために、パック中なんですよ。頬っぺた動かせないからじょうずに話せなくて」

ふざけているような、へらへらした返事だ。ハンズフリーにしているのだろう、テレビの音が聞こえている。

「噂、聞いていないのか」

呆れる気持ちで訊ねた。

「なんのこと？」

平静な声が戻る。心美は一年生のころから、いつもクラスの中心的な位置にいて目立っていた。そんな彼女のもとに情報が集まらないなんてことがあるだろうか。たしかにこの時期、登校する生徒が少ないため噂の拡散力は低いだろうが。

「うちのクラスで、誰かが誰かに卒業式で仕返しをするという噂だ」

僕は、斎藤の妹が武道場の裏から聞いたという話を伝えた。

「へえ。……三年二組パニックか。なるほどというか、うまい命名だね」

「なにを感心してるんだ。ほかに言うことはないのか」

「暇だねえ」

「受験が終わったから、暇といえば暇なんだろう。だからこそ、数ヵ月棚上げにしてきたことに目が向けられたとも言える」

「あたしは暇じゃないよ。バイトして稼がなきゃ。これからひとりで生きていくんだー」

悲壮感のあるセリフを、そのかけらもなさそうに言う。父親が亡くなって伯母の家に引き取られたと聞いたときは本当に心配したし、心美自身も精神的に不安定になっていたようだが、夏休みごろから本来の自分を取り戻していた。元々タフで明るい性格だったが、より挫《くじ》けなくなっていた。

「察しの悪いフリはやめなさい。井上優唯のことだよ。彼女がきみに仕返しをしようとしているんじゃないかと、そう心配してるんだ」

「さっきの話だと、誰が、ってのはわかってないんじゃないの。本人が自分だって言ったの？」

「まだ連絡がついていない。文月にも訊いてみたが、彼女も連絡がつかないようだ」

「彩芽ちゃんはなんて？」

「井上を疑いたくないと言っている」

「でしょうね」

あたりまえでしょうとでも言いたいのか、鼻で嗤うような音が聞こえた。

「笑いごとじゃない。仕返しの内容もわかっていないんだ。暴力をふるわれるかもしれないんだよ」

「優唯ちゃんとは仲直りしたよ。もう解決済みなんだよ。いまさらなんの仕返しをするの。別の人なんじゃない？」

「仲直りしたと思っているのは、きみだけじゃないのか？　クラスでシカトされて二週間も休んだ子が、そう簡単に相手を許せると思うか？」

今度は軽い笑い声まで聞こえた。

「水に流せと言ったのはセンセーだよ」

「たしかに僕が、水に流せと言った。膠着《こうちゃく》状態を解くにはそれしかなかったからだ」

「でもシカトしたのはクラスの子たち全員だし。あ、彩芽ちゃんを除く、ね。あたしがシカトを先導したみたいに言わないでほしいんだけど」

きみがそういう空気を作ったんじゃないのか。口元まで出かかっていたが、なんとかこらえて表現を変える。

「きっかけはきみなんだから、井上が恨むならきみじゃないのか？」

「そうかなあ。恨むのなら全員だと思うよ。あ、わかった。爆弾作って、卒業式でバーン！」

きゃははは、と心美が弾けるように笑う。

「いいかげんにしなさい。どうしてそんなにふざけていられるんだ」

「センセーの声が暗すぎるからだよ。ねえ、本当にほかに思いつかない？　もっと考えてみたら？」

「女子のトラブルで大きなのはそれぐらいだろ。なにか把握できていないものがあったのなら教えてくれ」

「女子限定なの？」

「言い忘れていた。斎藤の妹が聞いたのは女子の声だったそうだ。信じられないなら信じなくてもいいが、警戒はしなさい。わかったね」

はあい、という気のない返事がして電話が切られた。

次は、ワンセットのようにいつも心美の周りにいたふたり、西村《にしむら》ゆかりと浅沼《あさぬま》麻子だ。あからさまに井上を攻撃していたのは、むしろこちらのふたりだった。騒ぎたて、火を大きくし、ほかの女子が従わざるを得ないようにもっていった。

彼女らに犬笛を吹いたのは心美だが、拡声器を持ちだしたかのように吠えたてたのはふたりで、周囲の生徒も付き従った。こういう場合、果たして誰を恨むんだろう。本当に全員への仕返しだったらどうしようか。

最初に連絡がついたのは西村だった。

「まじですか？　だったら私、今から優唯ちゃんちに行ってシメてきますよ」

しまった。そういう可能性があることを忘れていた。西村はやたらと騒ぐタイプだったのだ。

「いやいやよしてくれ。彼女じゃないかもしれないんだ。ただそういう噂があって、僕の覚えている限りで一番大きなトラブルが井上の件だったから、もしかしたらと心配になったってだけだ。あのあと、井上と唐沢の関係はどうなった？　そばで見ていた西村が頼りだ」

持ちあげて訊ねる。

「別の次元に存在する惑星ってかんじですかねー。互いに干渉しないっていう」

「そうか、ありがとう。先生も、ふたりが接触しないようにしている空気は感じていた」

「私、優唯ちゃんの発言は許せないけど、心美はもういいって言うし、あんまり責めて自殺なんてされちゃうと困るし、だから優唯ちゃんのことスルーしてるんですよ」

自殺。その心配もあるのか。だが井上は本命の国立の入試結果こそまだ出ていないが、私立は受かっている。自殺はないだろう。

「うん、先生が今言った話も、スルーで頼むよ。騒ぎになると困るからな。ただ一応、警戒だけはしてくれ。お願いいな」

「心美は私が守るから、安心してください」

西村自身もだよと告げて、次の浅沼に連絡を取る。そのまえにもう一度井上にかけてみたが、留守番電話のままだった。

「その噂、聞いたけど、男子の話かと思ってました。だってあるじゃないですか、ヤンキー系のコミックに、お礼参りが」

浅沼は、驚いた声でそう答えた。

「いやお礼参りっていうのはな――」

「知ってます知ってます。本来の意味は、神社にかけた願いが叶ったお礼として、もう一度お参りに行くんですよね。で、転じてムカつく相手に仕返しにいく、と。でもそうか、女子だったんですね。だったら心美、危ないのかも。……やだ、どうしよう、刺されちゃったりしたら」

「そこまではないだろうと思うし、先生が心配しすぎているのかもしれない。別の誰かの話なのかもしれない。だから騒ぐことはしないでくれ。けれど警戒はしてほしい。浅沼もだよ」

はーい、と素直な答えが返った。

「さすがは穂高先生、最後まで生徒思いなんですね」

「なんだよいきなり。今さら内申点は変わらないし、変わったところで受験は終わっただろう」

「本心ですよー。元の主担の小林先生、やる気に充ちてたのはいいけど、森野くんたちのトラブルを収められなかったのをきっかけにどんどん空回りして、心美たちのことで完全に駄目になって病んで、休職しちゃったじゃないですか。穂高先生に代わってよかったな、ってみんなで言ってたんです。まあ、心美なんかは三年に進級したときから、穂高先生派でしたけど。ホント、一年間ありがとうございました」

「その挨拶は明日に取っておきなさい」

僕は面はゆい気持ちになって、電話を終えた。

さらにもう一度、井上にかける。だが留守番電話だ。もしかしたら、居留守を使われているのだろうか。

4

優唯の家がある駅で電車を降りたら、わたしの目の前を制服姿の優唯が歩いていた。同じ電車だったのか、と思いながら声をかける。

「優唯！　今、帰り？　まだ学校にいたの？」

穂高先生は、優唯がいたことに気づかなかったのだろうか。

「ああ、彩芽。寄り道してた。どうしたの？」

「どうしたもなにも、ＬＩＮＥ！　通話も！　何度もしたんだよ」

思いだしたような表情をして、優唯が通学鞄を探っている。

「ごめん。切ったままだった。映画を観にいってて」

優唯は、暗い液晶画面のスマホを見せてきた。電源を入れている。

「映画？　こんな日に？　学校から持ってきた荷物もあるのに」

卒業式を控えて、学校に置いていたものをみんな持ち帰っていた。優唯も、通学鞄のほかにサブバッグを持っている。

「高校生料金で観られるのは今日までだと思ったんだ。でもシネコンの人に確認したら、三月三十一日までいいんだって」

きょとんとしている優唯の顔を見ていたら、膝から崩れ落ちそうになった。でも映画を観ていたことと、明日、心美ちゃんに仕返しをするつもりかもしれないこととは関係がない。

「話があるの」

「誘わなかったこと？　ごめん。彩芽の好きなタイプの映画じゃないと思って」

「そうじゃないけど、優唯はひとりで映画を観られるんだね。いつから？」

「いつって言われても……」

「秋ごろからじゃない？　わたしが優唯と心美ちゃんのことから逃げたから。わたしのこと信用しきれなくなったんでしょ」

「それと映画となにが」

「ごめんね、わたし、自分が次にシカトされたらと思ってしまった。怖かった。だから……、だから優唯のこと、守ってあげられなくて」

優唯がちらりと、わたしのほうに目を向けた。

「なにを興奮しているのかわからないんだけど。……あ、起ちあがった」

優唯が手元のスマホを見つめ、ＬＩＮＥのアプリを開いている。

――ある噂について穂高先生から電話があった。卒業式にうちのクラスで、誰かが誰かに仕返しをしようとしている、そんな噂。誰を指すのかわからないけど、穂高先生は優唯を疑ってる。わたしに知らないかって訊ねてきた。


「仕返しか。で、誰がやるかはわからない、と。なるほど。なるほどなるほど」

なるほどなるほど、と何度も言って、優唯は続ける。

「……彩芽も私のこと、疑ったんだ」

夕暮れの道で、優唯が皮肉めいた笑いを見せてきた。

わたしは首を横に振る。

「優唯はそんなことしないって、穂高先生に言った。先生が疑ったのは、一番大きなトラブルだったからって言ってた。ってことは、多くの人も同じ疑いを持つ。優唯になにか言ってくる人がいるかもしれない。だから知らせようと思った。わたしは疑っていないって、言おうとも思った」

「それはありがとう。でもあれだけのことがあったんだし、疑うのが自然だよ。別に誰になにを言われても気にしない。明日でサヨナラなんだしね」

「優唯」

それは、わたしともサヨナラという意味なんだろうか。

訊けないでいる間に、優唯の家に着いてしまった。

「暗くなってくるけど、ひとりでだいじょうぶ？　一時間も待てばお母さんが帰ってくるから、車で送ってもらおうか」

優唯に訊ねられ、うなずいた。このまま帰りたくない。

何回か来たことのある家だ。優唯の部屋もリビングの場所も知っている。コートを脱いで手にかけ、優唯に続いて中に入ると、先にリビングに入った優唯が「これって」と呆れた声を上げた。

「留守電が入ってる。三件も。穂高先生かな」

優唯は嫌そうな表情で、電話機を指さしていた。

「たぶんそうだと思う」

「めんどうくさいな。そんな用件に電話代払うの、ムカつく。私自身が払うわけじゃないけど」

たしかに、とうなずいた。

「このまま無視してたらどうなるかな」

「お母さんに気づかれるまえに返事したほうがいいんじゃない？」

仕方がないなあ、と言わんばかりの表情で優唯が電話機に手を伸ばした瞬間、それは鳴った。

「はい、井上です。……はい、私です」

優唯が目配せを送ってくる。穂高先生だろう。

「違いますよ。…………ええ、違いますって。なんの計画もしていません。…………疑わないでください。…………わかりません。じゃあ、失礼します」

優唯が早々に電話を切った。留守電機能を解除している。

「穂高先生？」

「うん」

「先生、なんて？」

「彩芽がＬＩＮＥに書いてきたとおりだよ。私が、心美ちゃんになにか仕返しをするんじゃないかって。違うって言ったら、じゃあ誰だと思うとかなんとか、うっとうしいこと言ってきたから、さくっと切った」

話をしながら優唯は、インスタントコーヒーの瓶と紅茶のティーバッグの缶をそれぞれの手に持って見せてきた。わたしは紅茶を指さす。ヤカンに水が入れられてレンジ台に置かれ、食器棚からはマグカップが出された。

「切ったって。先生なのに？　すごいね、優唯」

「だから明日でサヨナラだし。もう先生じゃなくなるし」

吐き捨てるような言い方に、優唯の静かな怒りを感じた。やっぱり優唯は、心美ちゃんとのときの穂高先生の対応に納得していないのだ。

「なんか優唯……、あれからクールになったと思ってたけど、強くもなったというか」

湯が沸いた。優唯がマグカップに注いでいる。

「そうなのかな。そうなのかもね。私は秋に、高校を卒業したの」

「どういうこと？」

マグカップが手渡される。部屋に行こうと、優唯が手で示してくる。

「高校生活から卒業した、が正しいかな。残りは受験勉強。どうせみんな、バラバラになるし、そのあとは連絡を取ることもなくなるからね」

「同窓会とか、あるじゃない」

優唯がまじまじとわたしの顔を見てくる。

「私が行くと思う?」

「……思わないけどさあ」

優唯の部屋で、ラグマットを敷いた床にぺたんとふたりで座る。お邪魔したときはたいてい片付いているけれど、今日は急に来たにもかかわらず、いつも以上にきれいだった。勉強机の脇に並んでいた教科書や参考書が全部消えている。

優唯は、すっかり区切りをつけるつもりなんだなと、実感した。

「誰なんだろうね」

と、優唯が突然言う。

「え?」

「その仕返しを考えている人。いったい誰なんだろう。彩芽は、誰だったら面白いと思う?」

「面白いって。……そんな怖いことを」

「そう? 最後に面白い見世物が見られるんだよ。楽しみじゃない?」

優唯がわたしの目を見ながら、にっこりと笑う。

はじめて見る優唯の表情だった。すごみがあるというか、怖いというか。

本当に、仕返しを考えているのは優唯じゃないんだろうか……

電話の音がした。

優唯の脇に置かれているスマホの液晶画面は暗いままだ。

「あ、これって、わたしか。お母さんかな」

わたしはどこか焦りながら、床に直置きしたコートのポケットからスマホを出す。液晶画面に表示された名前は、

「どうしよう、心美ちゃんだ。どうすればいい？」

「どうって」

優唯が首をひねっている。

「きっとこのことだよ。穂高先生が心美ちゃんに知らせたんじゃないかな」

「そういえば心美ちゃんのＬＩＮＥ、あのころブロックしたんだった。だから彩芽あてにかけてきたのかも」

着信音は止まらない。

「なんて答えればいいと思う？」

「とりあえず用件を聞いてみたらいいんじゃない？」

仕方なく、ＬＩＮＥの通話を受ける。一瞬迷ってから、スピーカーをオンにしてハンズフリーにした。声が流れてくる。

「唐沢です。心美です。ごめんね、急に。優唯ちゃんと連絡が取りたいの。申し訳ないけれど、つないでくれないかな」

心美ちゃんはわたしがどこにいるか知らない。ブロックを解除するか新たな連絡ツールを教えてくれるかしてと、わたしを介して優唯に頼みたいようだ。

優唯が自分のスマホのメモアプリに、なぜ、と表示して見せてくる。そのまま訊ねた。

「話があるから」

「……あの、例の件だよね。仕返しの噂の。……違うから。優唯が心美ちゃんに対してとかそういうの、ないよ。優唯とも話した。優唯はなにも計画していないよ」

そうだよね、と確認するつもりで優唯を見る。優唯がうなずくかと思った。

けれど優唯は、険しい目をしてスマホを凝視している。

だいじょうぶだよね。穂高先生に違うって言ったよね、嘘じゃないよね。

信じるつもりだったのに、だんだんと不安になってくる。なんとか言ってよ、優唯。

わたしは優唯の手に自分の手を重ねた。優唯がわたしを見てくる。なんて問いかければいいんだろう。

「違うの」

心美ちゃんの声が、切実さを帯びた。

「話があるんだってば。大事な話が」

5

卒業式に相応しい、晴れた朝になった。

結局僕は、仕返しを考えている生徒が誰かわからないままだった。井上を疑う気持ちは拭い去れないが、証拠がない以上、式に出席させないわけにはいかない。

職員室で行われた事前のミーティングでも議題になったが、卒業式の取りやめなどできないという結論になった。脅迫メールが来たわけではないのだから、という校長の言葉に、送っておけばよかったとふと思ってしまった。そのぐらい、僕はこの件に気持ちが取られている。

式の前に教室で、ショートホームルームを行う。

噂を知らない生徒がいるかもしれないが、そうとは言わずに注意喚起だけはしておこうと思った。

「いろんなことがあった一年間、いや、三年間だったと思う。さまざまな体験をし、感じることも考えることもあっただろう。きみたちの人生は、この先、ずっとずっと長く続くんだ。今日が転機とならないよう、悔いることのないように、大切な一日を過ごしてほしい。お願いだ」

どうか思いとどまってくれ。そう思いながら頭を下げる。

「先生、言い間違えてますよ。転機とならないようじゃなく、転機になるから、でしょう？　今日はひとつの区切りですもんね」

森野のつっこみに、教室がどっと沸いた。

いや森野おまえ、噂を知っているんだから気づけよ。そう言いたかったが、一緒に笑った。

「すまんすまん。緊張したんだよ。だが間違いというのは、こんなふうにたまに発生するものなんだ。人との行き違いもそうだ。わずかなことで人との縁や人生を棒にふらないよう、冷静になってほしい。きみたちならそれができる」

文月は気づいたようだ。眉根を寄せ、怖いほどに真剣な目でこちらを見てくる。西村と浅沼もさかんに視線を送りあっている。井上は……

井上が笑った。にやり、と表現するにふさわしい笑顔だ。

昨日の電話で「違います」と言っていたが、本当にそうなのか？　嘘をついたんじゃないのか？

人は嘘をつく。本心を悟られないためになら、嘘ごとき、たやすくつく。

井上と話をしないと。

そのとき教室の天井近くにつけられたスピーカーから、卒業式が行われるので在校生は体育館に移動を、卒業生は入場までの待機室になる一階の特別教室に移動を、というアナウンスが流れた。担任の教師も卒業生を迎えるために、在校生の次に体育館に入らなくてはいけない。

「起立！」

とクラス委員が声をかけた。生徒たちが立ち上がる。

「みんな、行こうぜー。うちのクラスの待機室は生物教室だからな。出席番号順に並ぶことになるから、早い人からなるべく先に出る！」

今、このタイミングしかない。

男女混合の五十音順で、井上の番号は二番だ。すでに歩きはじめている。だがほかの生徒も動きだしていて、邪魔になって近づけない。

と、井上が教室のうしろからいったん窓側に戻って、心美のそばに寄った。

「おい、なにをするつもり……」

僕が声をかけかけたとき、ふたりが並び、互いの顔を見つめた。そしてすぐ離れる。

今のはなんだ。

僕はふたりを追おうとしたが、ふたりとも教室を出てしまった。心美——唐沢もまた番号が早いのだ。

慌てて廊下に出たところ、一組の担任から声をかけられた。この状況で彼女らを追うのは、リスクが大きい。

別れたとはいえ、一時期、僕は生徒である心美とつきあっていたからだ。


きっかけは、心美の父親が亡くなったことだった。気が強く、いつもクラスの中心にいる心美だったが、さすがに落ち込んでいた。気持ちも不安定だったのだろう、スマホに何度も電話をかけてきた。本則としては、生徒や保護者に個人のスマホの番号を教えたりしないのがルールだが、学校の終業後や休日に連絡を取らなくてはいけないケースがあれば例外として伝えることはある。心美には、葬式やその後のさまざまな手続きがあって教えてしまったのだ。

教師として心配していたし、なぐさめてもいた。けれどいつのまにか、そういう関係になった。心美がすでに十八歳だったことも、影響している。

近くで会うのを避けたかったため、休みには僕の車で遠くにでかけた。夏休みごろにはすっかり心美も元気になり、わがままが出てきた。そのころから徐々に、ぶつかるようになった。本来の心美は我が強く、他人に譲ろうとしないタイプなのだ。僕はどちらかというと、おとなしい女性が好きなのに。

言った言わないの話は、水掛け論になりがちだ。

心美が、クラスメイトから父親の死で得をしたようなことを言われた、自分で進路も将来も好きに決められるといった内容だ、と訴えがあったときには驚いた。しかもそれを言ったのがおとなしい井上だという。

にわかには信じがたかったが、僕が疑ったせいなのか、心美は西村と浅沼の友人ふたりにも井上の話をしたようだ。そこから一気に、井上はひどいという噂が広がり、彼女は学校に来なくなった。三年生の二学期になって不登校になるだなんて、これはまずい。

僕はなんとか丸く収めようとした。いったいどんな機会に井上からそれを言われたのか、相手の言葉を誤解したのではないか。そうやって追及していくうちに、心美の反応がブレていった。

そしてついに告白したのだ。

僕が、井上のような子が好みだと言ったため、嫉妬心から嘘をついたのだと。

なんだそれは。

僕はそんなこと、言った覚えはない。おとなしい女性が好きなのはたしかだが、生徒の名前を出すはずがない。

けれどこれも、言った言わないの話。水掛け論をするよりも、早く蓋をしたほうがいい。

だから僕は、水に流すようふたりに言った。受験も近い。無駄な時間を使ってはいけないと。

真面目な井上は、素直に従った。このまま授業を休んでいては損になると気づいたのだろう。

心美には、嘘だとバレないうちに収束させないと心美自身の立場が悪くなると悟らせた。そして、受験もあることだし、いったん距離を置こう、大学生になってから堂々とつきあえばいいと伝えた。心美はしばらく渋っていたが、プライドの高い彼女のことだ、僕の心が離れたことがわかったのだろう。いつしか電話もかけてこなくなり、大学入学共通テストのあとには「もっといい男をつかまえる」と、向こうからふってきた。

僕にとっては満点の結末だ。心美にとっては、甘酸っぱい青春の思い出として心に刻まれるだろう。

卒業式がはじまった。

開式の辞、国歌斉唱に続いて、式のメインである卒業証書授与になる。まず一組からスタートだ。僕は体育館の壁面側にある教職員席で、生徒が順番に壇上へと進むようすをほかの先生がたと一緒に眺めていた。

さっきの心美と井上のようすは、本当になんだったのだろう。

平手打ちでもするかと思ったが、ただ顔を見合わせただけ、ガンでもつけたのだろうか。だがどちらも睨んではいなかった。たしかめるかのように相手を見ただけだ。

まさか。

僕は、昨日の心美との電話を思いだす。

――本当にほかに思いつかない？　もっと考えてみたら？

あの「ほかに」というのは、心美とのことを指していたのでは。

心美は僕との関係をばらすつもりでは。仕返しは僕に対してなのではないか。

生徒から生徒への仕返しだと考えていたけれど、そうとも限らないんじゃないか。斎藤の妹が聞いたキーワードは、卒業式と、三年二組パニックだ。人の口を経るうちに、生徒同士の諍いで仕返しが行われるかのように思われていった。教頭までもがだ。

教頭が僕にそう示唆しなければ、もっと早くにその可能性に気づいていただろうに。

「穂高先生、そろそろ二組ですよ」

三組の担任に耳打ちされた。僕は立ち上がった。うちの学校では、生徒が卒業証書を受け取るために壇上へ進むタイミングで、担任がその名前を呼ぶ。僕は出席番号の一番を呼んだ。知らずに声が震えていた。続いて二番の井上。落ち着いたようすで校長の前に立ち、証書を授与され、壇上から下りていく。彼女はなにもしないようだ。やっぱり井上ではないのか。いや、もっとあとでするつもりかもしれない。仕返しを考えているのは井上であってほしい。

数人あとに、心美を呼んだ。声が上ずってしまう。

心美が校長の前に立つ。

演台のマイクを奪ったらどうしよう。叫んだらどうしよう。たらり、たらりと、僕の額から汗がしたたり落ちる。

心美が証書を受け取り、礼をして小脇に抱え、階段を下りていった。

なにもしない？

「穂高先生」

三組の担任が怪訝そうに声をかけてきた。次の生徒が困ったように視線を投げてくる。僕は慌てて名前を呼ぶ。

順々に生徒が前方へやってきて、順々に席へと戻っていった。二組の番が終わった。

僕はその場にへたりこみそうになった。崩れるように席に着く。

「具合でも悪いんですか。汗がすごいですよ」

隣に座る一組の担任が心配してくれた。いっそ体調が悪いと言ってこの場から去りたい。けれどいない間になにかが起こっては困る。僕はぎこちなく笑顔を返した。

校長式辞、来賓挨拶に祝電の披露、在校生送辞に卒業生答辞までスムーズに終わった。あとは校歌斉唱だけだ。それが終われば閉式の辞で、卒業生が退場となる。早く終わってほしいと願う。

その一方で、僕は少しだけ落ち着きを取り戻していた。

心美になにかできるとしたら、さっきの卒業証書授与のときぐらいだと気づいたのだ。答辞を担ったのは別の生徒だし、校歌は全員で歌う。

よくよく考えれば、これだけの人がいる場だ。教師、同級生、後輩、そして保護者、なにかすればその人たちに一生後ろ指をさされる。特に、今日まで育ててくれた保護者に、どんな顔向けができるというのだ。僕がこの場でなにかしようものなら父親に殴られかねね……

しまった。心美の両親はもういないんだった。いままでの人間関係を断ち切る覚悟ならできる。いや、いやいやいや、きっと伯母が来ているだろう。そこまでの度胸はないだろう。

校歌をつっかえつっかえ歌いながら、僕は祈る。Aメロ、Bメロ、そしてサビ、あとワンフレーズだ。よし終わった。

そのとき——

6

昨日、わたしに連絡をしてきた心美ちゃんは、優唯がそばにいると伝えると、話を聞いてほしいとあらためて切り出した。

「あたし、一時期、穂高先生とつきあっていたんだ」

「えええええー？」

ふたりして叫んだ。その衝撃で、心美ちゃんに対するもやもやした気持ちがいったん吹っ飛んだ。

「……お、おじさんじゃん。三十超えてるよ」

「どこがいいの」

と冷たい声で言ったのは優唯だ。

「見かけカッコいいほうだと思うし、お父さんが死んだあとだったから、あたし別にファザコンじゃないつもりだったけど、寂しくて、頼りたい気持ちになって」

優唯と顔を見合わせた。わかるような、わからないような、だ。

「それでまあいろいろあって、端折《はしょ》るけど、穂高先生の好きなタイプは優唯ちゃんみたいなおとなしい子だとわかって、あたしが嫉妬して、穂高先生に嘘をついた。……優唯ちゃんがあたしに、親がいないから自由に進路や将来が選べるようなことを言ったって」

「なっ」

再び叫びかけたのはわたしだけで、優唯は表情をなくしてわたしの腕をつかんだ。爪が食いこみそうなほど、強く。

「穂高先生はその話を疑って、ニッシーたちに本当かどうかを確認した。彼女たちが怒って、そこから噂が広がった。それがあのときの真相。……ごめんなさい」

優唯はなにも言わない。ただ震えが伝わってくる。代わりにわたしが言った。

「ごめんなさいもなにもないでしょ！」

「わかってる。そのとおりだよ。最初に嘘をついたあたしが一番悪い。引っ込みがつかなくなって、嘘だと認められなかった。自分でも最低だと思う。本当に本当にごめんなさい。でもね、……うん、言い訳になるから、でもねは変だけど、ただね、穂高先生のなかでは、ニッシーたちにその話をしたのは、あたしってことになってるの。あたしが、疑っている穂高先生に焦《じ》れて、話をした、って」

「どういうこと？」

「穂高先生、ときどきそういうことあるんだよ。自分の脳内で勝手に話を作ってるっていうか、間違いを認めないっていうか、いつの間にかこっちが悪いことになってる。自覚なく嘘をつくんだよ。それですっかり気持ちが離れた」

「心美ちゃんはわざと嘘をついた。一方で、穂高先生は自覚なく嘘をつく、ってこと？　なにそれ、サイテー」

「……うん。本当にすみませんでした」

「言い方変えても同じだよ。だから許してってこと？　優唯に仕返しされるんじゃないかって、そう思ってたんじゃないの？　だからこうやって連絡してきて」

　どちらがニッシーたちに話したかなんて真相、どうでもいい。わたしは心美ちゃんの嘘が許せない。優唯もわたしの隣で唇を噛んでいる。

「違う。それは思ってない。本当に。続きがある。仕返しの話も。聞いて。お願い、切らないで」

　仕返しの話？　とお互い眉をひそめながら、わたしたちは心美ちゃんの話の続きを待った。

「あたし、優唯ちゃんに謝りたいと思ってた。弱くてずるずると延びちゃったけど、謝るつもりだったんだよ。それから……もうひとり謝りたい人がいた。ここもあたしの弱いところなんだけど、この先会う機会のなさそうな、その人を先にしたの。優唯ちゃんには卒業式の日にしようと思った」

「もう会わなくて済むから？」

「そう」

「あのさ、最低以外の言葉が浮かばないんだけど」

「うん……。それで、その人に会って告白したら、その人も、穂高先生が都合の悪いことを自分に押しつけてきたんじゃないかって疑っていた。あたしのことについても嘘を言われてて。ふたりしてショックで。……仕返しすることになった。最大の効果が得られるタイミングで」

「仕返し？」

　やっと優唯が口を開いた。小さな声で問う。わたしは確認の意味でもう一度訊ねた。

「仕返しをする相手は穂高先生で、実行するのが心美ちゃんってこと？」

「あたしは協力する程度。卒業式の時間と式次第を伝えただけ。だけど先に噂が立っちゃった。あたしがスマホで連絡をとっていたところを、一年の生徒に聞かれたせいで」

「奈緒子ちゃんの妹だね。わたしも誤解された」

武道場の裏で誰かと誰かが会話をしていたかのように思われていたけれど、実際は、スマホに向けて話していたということか。

「それもごめん。迷惑かけて。噂が穂高先生にまで届いちゃって、さっきあたしのスマホに電話があった。で、優唯ちゃんが変に攻撃されたらいけないと思って」

「攻撃？」

「ニッシーとかが文句言ってきそうでしょ。彼女のほうに釘をさそうとも考えたけど、あの子が騒いで、うっかり穂高先生に伝わったらまずいと思ってやめた。というか、ほかの人に話したの、今がはじめて」

わたしたちはまた互いに目を見合わす。

「話してくれてありがとう、とでも答えると思う？　なにを言っても、心美ちゃんのしたことは変わらないよ。優唯を傷つけたんだよ」

「……うん。一生、許してくれなくても仕方ないと思ってる。それと、優唯ちゃんに伝えてくれって言われた、その人に。ちゃんと守れなくてごめんねって」

校歌斉唱が終わった瞬間、体育館後方の扉が開き、外からのまばゆい光が差し込んできた。ハンドマイクを持ったシルエットが、光のなかに立っている。

「生徒のみなさん、卒業おめでとう！　先生がた、お疲れさまでした。この場を借りて、私は告発したい」

　大音量で聞こえる声に、場がざわめきだす。

「三年二組の主担任だった小林里奈です。十月から休職しています。私が学校に来られなくなったのは、生徒のせいでも過大な仕事のせいでもありません。穂高一也《かずや》先生のパワハラのせいです！」

　何人かの先生が慌てたようすで後方に走る。黒いスーツ姿の小林先生が早口になった。

「六月に男子生徒の諍いがあり、原因が恋愛による三角関係だったため女の私には言いづらいこともあるだろうと、穂高先生は私を対話の場から外しました。けれど諍いがなかなか解決しないと、私が問題を放置したせいかのように生徒に触れ回ったのです。それ以来、生徒たちから頼りないと思われてしまいました。十月に女子生徒が不登校になったときも穂高先生は、発端を追及しようとする私を止め、当事者双方から信用されていない、面会を拒否された、と嘘をつきました。先日、その当事者生徒のひとりが、自分のせいで私が休職したのではと謝りにきて、欺瞞《ぎまん》がわかりました。ほかにも、あらゆる連絡漏れが私のせいにされ、使えない人間だと何度も罵倒《ばとう》されれ……。けれど私自身も自分が未熟だという認識があったので言い返せないまま――」

　二年生を担当する先生が、小林先生の肩をつかんだ。別の先生がハンディマイクを取りあげる。

小林先生が身をよじりながら大声を出す。

「休んでみてやっとわかったんです！　私は穂高先生に、すべて自分が悪いかのように思いこまされていたと！　穂高先生は都合の悪いことを忘れるんです。嘘をつくんです。そして全部ひとのせいに――」

小林先生の口が、三人目の先生によって塞がれた。四人目の先生が加わって、ついに外へと連れだされる。見ていてかわいそうだったけれど、覚悟の上らしいからやらせてあげたいと、昨日、心美ちゃんは言っていた。辞めるためのケジメをつけたいのだと。

体育館のざわめきが止まらない。

静粛に、静粛に、と前方、司会のマイクから声がする。これで卒業式を終えます、と無理やりのように締められ、卒業生は退場、と叫ばれた。

揃わない拍手の中、わたしたちは体育館を出ていく。

「三年二組パニック、本当に語り継がれそうだね」

わたしは前を行く優唯に追いついて並び、話しかけた。優唯がうなずく。

「昨日聞いたときは、本気かなと思ったけど、本当にやったんだ、小林先生。私、ちょっと興奮してる」

「わたしも。穂高先生、処分されるよね。されなかったら怒る。ううん、されなかったらわたし、学校だろうが教育委員会だろうが働きかける」

わたしは拳を作って優唯に見せつけるように掲げる。

「そうだね。もし処分されなかったら、一緒に訴えよう」

「一緒に？　じゃあわたしたち、卒業してもサヨナラじゃないよね」

優唯がわたしの言葉に、苦笑していた。

「味方をしてくれてありがとうって、言ったじゃない。忘れたの？」

わたしは優唯の腕に、自分の腕を巻きつけた。優唯が肘を上げて、その手を握ってくる。ふたりで肩を押しつけあいながら歩いていく。笑いながら。

「優唯ちゃん、彩芽ちゃん」

心美ちゃんから声がかけられた。足を止める。

「あらためて、ごめんなさい。あたし教室に戻ったら、本当のことをみんなに話すから」

「別にいいよ。そのままで」

優唯がそっけなく言う。

「でも」

「穂高先生、卒業証書授与のあたりでなにか気づいたんだろうね、めっちゃ焦ってた。それを見てたら気分が晴れた。だからもう、心美ちゃんは、いい」

そう言われた心美ちゃんが、神妙な表情で頭を下げる。

わたしは優唯とつないでいないほうの手で、心美ちゃんの肩を叩いた。

「卒業おめでとう、わたしたち」

04

家族になろう

額縁《がくぶち》のようなものに入った花がいくつも、義母の病室に置かれていた。

生花の見舞いは衛生と管理の問題があって禁じられているそうだが、こういったプリザーブドフラワーなら受け入れてくれる病院もあるとのことだ。

そんな華やかな一角が浮いているように感じるのは、数週間ぶりに会った義母が一層痩《や》せてしまったからかもしれない。

「……残念でならないわ」

かすれた声が聞こえた。

口元を見ていなかったためうまく聞き取れなかったけれど、義母はたぶん、そう言ったのだと思う。

目を向けた僕に、義母は同じ言葉を重ねた。そして続ける。

「またあっちで、おとうさんの世話をしなきゃいけないのかしら」

少しだけ背を上げたベッドの上、義母は静かに笑っている。どう返事をすればいいのだろう。

G県の県議会議員とその議長を長く務め、知事選に打って出るべく準備を進めていた義父は、四年前に他界した。

僕と、妻の花凜《かりん》の目の前で、突然倒れたのだ。

脳の機能の大半を失い、しゃべることはおろか指先のひとつさえも動かせないままで一年間を過ごし、義父は力尽きた。まだ六十六歳だった。

あれも、この病院だった。室内にはソファセットなどの調度品があり、落ち着いたインテリアの特別室だがあくまで病室なので、ベッドや生命維持のための機器が中心だ。もしかしたら今いるここと同じ部屋かもしれない。最上階だから窓からは空しか見えなかったし、僕が見舞いにきたのも一度きりなのでよく覚えていないけれど。

花凜が、行かなくていいと言ったのだ。

父の顔など二度と見たくないと、花凜本人でさえ、死んだあとにしか会っていない。花凜に後悔はないのだろうか。葬儀の席でも涙を見せなかった。

僕の両親は、はるか昔に他界している。義母は、最後に残された親なのだ。けれど、僕と花凜の休みが合わないこともあって、碌に親孝行をしていない。申し訳なかった。

そんな遠い未来の話をしないでくださいよ、と言いたい。でも余命宣告の期間を越えた義母には、白々しいだけだろうか。

「寂しいことを言わないでください」

「だって、せっかくひとりになったのよ。もしも次の人生があるなら、別の道を選ぶと思うわ」

最適解がわからないまま口にした僕の返事を、義母は誤解した。僕が言いたかったのは義父の世話うんぬんではなく、もっと長く生きていてくださいという意味だ。別の道をなんて言うほど、義父との仲が悪いようには見えなかったし、そんな話も聞いていない。元気なふたりが一緒にいるときに会ったのは、あの問題の日、一度きりだけど。

僕が答えられないでいると、義母はさらに加えた。

「ひとりの生活を満喫していたところだったのよ。本当に残念ねえ。……でも一番残念なのは、最後まで見届けられないことだけど」

義母は苦笑した。苦笑……に見えたけれど、痛みに眉をひそめただけかもしれない。なんの最後を見届けたいと思っているのだろう。花凜の兄、賢太郎《けんたろう》さんの三男の魁《かい》くんのお受験か、もうひとりの兄、雄太郎《ゆうたろう》さんが国会に挑戦することか。あるいは結婚して五年でようやく僕たちの子供が生まれることなのか。いや、まったく別のことだろうか。

見届けたいのはどんなことですかと訊ねようか、慰めるに留めておくべきかと思いを巡らせていると、主治医とともに花凜が戻ってきた。花凜の顔色が悪いのはつわりのせいで、義母のことではないと思いたい。

「桂坂怜子《かつらざかれいこ》さん、具合はいかがですか」

主治医が訊ねる。そのまま持ってきたタブレット端末でデータを確認しながら、息苦しさや痛みについての聴き取りをはじめた。義母は気丈に声を張り、もと看護師だったプライドもあるのか、忘れていないとばかりに専門用語を交じえて答える。主治医はそんな義母をなだめるかのように、声のトーンとスピードを落とした。

僕は、窓の向こうに目をやった。空は寒々として灰色に沈んでいる。重い雲がたちこめていて、雪でも降りそうなようすだ。花凜が、そろそろ帰りたいとばかりに僕の手を握って、引っぱってきた。

「お帰りなさいよ。あなたたち、忙しいんでしょ」

義母はそれに気づいたのか、そう言った。花凜がすかさず応じる。

「そうさせてもらう。……悪いね」

「ええ。おなかの子を大事にね」

二〇二四年、一月。それが、意識のある義母と会った最後になった。享年、六十七だった。

翌月のある夜、仕事を終えた僕がマンションの部屋に戻ると、花凜が唇を尖らせて待っていた。話があるという。

「母が住んでいた寿町のマンション、知ってる?」

「あー、住所だけは。お義父さんが亡くなったあとで移ったんだよね」

長兄の……といっても双子なので戸籍上の長男となる賢太郎さん一家と義父母は、地元の大きな家で同居していたが、義父の死をきっかけとして義母はそこを賢太郎さんに譲った。その後、自分はマンションの一室にひとり引っ越したのだ。

「あそこ、母がわたしに渡したいって賢兄さんに伝えてたらしいの。中古で買ったけれど築年数は浅いし、駅にも近いし、しかも角部屋でそれなりの価値はあるみたい。っていうか、あるって説明された。だからそれで満足してくれないかって兄さんたちは言うんだけど、どう思う? ちょっと負けてる気がするんだけど」

「負けてるってなにが」

「遺産の分配だよ。そりゃあ兄さんたちは選挙だなんだでお金が要るんだろうけど、うちだって子供が生まれるのよ。わたしの収入も一時的に少なくなるし。本来、遺産は均等に分割、三分の一ずつのはずでしょ」

「それはそうだけど、僕たちは東京にいるんだし、地元でお義母さんのめんどうを見てたのはお義兄さんたちだろ。そこはほら、介護の分というのを上乗せすべきじゃないかな」

僕は知らずに笑っていたのかもしれない。花凜は呆れたような表情で僕を睨み、頬をついてきた。

「暉希《てるき》くん、ひとが好《よ》すぎ。お父さんが死んだあと、母は自由きままに暮らしてたんだよ。急に病気が見つかって即入院となって、三ヵ月か四ヵ月で死んだんだから。兄さんたち家族のどちらの手も、ほとんどわずらわせなかった」

それはそうだったなと思いだした。僕らが義母の状況を知ったときにはもう、先の手続きすべてが決まっていたようなものだった。

「だけど病院のあれこれとかさ」

はー、と花凜がためいきをつく。

「ある意味、理想的な幕引きだよね。長患いはつらいもの。お祖母さんは認知症だったし、お父さんは一年とはいえ寝たきりでしょ、どちらも嫌だって思ってたのかもしれない。……あ、ビール冷やしておいたよ。ごはん、おつまみ分ぐらい残してあるけど、どうする?」

花凜はダイニングテーブルにいて、僕が帰るまでノートパソコンで仕事をしていたようだ。立ち上がってカウンターの対面側、キッチンへと向かおうとするので、僕は手を上げて止めた。

「自分でやるよ。花凜は座っていて。僕だけ飲んで、悪いね」

「全然。こっちこそごはんを作り置きしてくれて助かってる」

「どういたしまして。おつまみ分しか残ってないってことは、つわりも収まりかけてるのかな」

シンクにも食器が残っていなかった。以前は洗うのもつらいと言っていたのだ。

「うん、もうかなり楽だし、なにより暉希くんのごはんだとおなかに入っていくよ。暉希くんのまかないはなんだった?」

「ローストポークのはしっことサラダ、あと、チキングラタン」

「グラタンか。いいなあ。しばらく食べていない。グラタンはやっぱ熱々がいいよね。今度の休みに作ってよ。あ、ううん、明日、お店に食べにいこうかな」

「チーズのにおい、だいじょうぶなの?」

冷蔵庫を開けて、ビールとタッパーを取り出しながら訊ねた。

僕は雇われの身だが小さなビストロの店長で、結婚前、花凜は店のお客さんだった。仕事が忙しいらしく、やってくるのはいつも遅い時間で、たいてい最後の客となっていた。申し訳ないと言いながらも、おいしいからもう少し食べたいと遠慮がちに追加の品を注文する。それがなんども重なるので、やがてスタッフを帰して、僕だけ居残るようになった。

花凜は、僕の料理を食べるとほっとすると言ってくれた。僕も、花凜の顔を見ると心が安らいだ。僕らは気が合うねと笑いあって、自然と仲良くなった。

僕は十五歳で父を、十八歳で母を亡くしている。きょうだいもいない。死んだ母がつましい生活のなかで僕のために遺してくれたお金があって、なんとか調理師学校に行けたものの、その後も長い間、生活はカツカツだった。

そんな僕には思い描く家庭像がなかったけれど、花凜と出会ってわかった。花凜こそが僕の家族になるべき相手だ、この人と家族になろうと。花凜のほうが三歳年上ということも、大手企業でチーフを務めるほど優秀な人だということも、実家が政治家一家で地元の名士ということも、なんの障害にも感じていなかった。

　僕らは。

「チーズ、家でならだいじょうぶじゃないかな。お店では……わからない、試してみないと。あ、そう、そうなんだよ、お店！」

　ダイニングテーブルにタッパーを置いた僕の腕を、花凜がなんどか叩く。

「お店がどうしたの」

「お金があれば、暉希くんは自分のお店が出せるんだよ。そうだよ、そうしなよ」

「今の店に不満はないよ」

「それは知ってる。いいお店だよね。だけどオーナーさんも年だから、なにがあるかわからないでしょ。次に雇ってもらえるところが同じ居心地とは限らない。それなら独立して自分のお店を作るほうがいいでしょ。なにごとも先を見据えて、準備を整えるのが大切だよ。そのためにはお金が必要。でしょう？」

　花凜が力説する。こんなふうに凜々しく仕事を進めているのか、かっこいいなと感じた。と同時に、少しおかしくも思う。

「僕ら、駆け落ちするつもりだったんだよ。ずいぶん強気だなあ」

「駆け落ちじゃないよ、親の干渉を受けないっていうだけ。そのために連絡を絶つことと、親の遺産をもらうことは別です。お金をもらって母との縁をきっぱり切りたいの」

　花凜が、険しい顔になった。

義母と花凜との相性は、あまりよくなかったらしい。ふたりの兄とは違う扱いを受けたと、花凜はつねづね言っていた。それもあって、義母が入院してもあまり会いにいかなかったし、それ以前から、連絡は必要最小限だった。

　父親の権限が強い家では、女性を抑圧しがちだと聞きおよぶ。客商売をしていると、そういう家族を見かけることもある。だから扱いの違いとはそういった類のものではないかと思い、訊ねたこともあるが、花凜はそうではないと言い張る。単に、母親は自分に意地悪なのだと。頼んでおいた学校への提出物を聞いていないと言われたり、習い事を突然やめさせられたり、小さなころから理不尽な目に遭ってきた。なのに義母は周囲から理由を問われると、すべて花凜のわがままが原因かのように言っていたのだと。そのせいか、花凜が義母を語るときは、どこか言葉が冷たい。

「花凜が実家を好きじゃないことは知ってるけど、そんなふうに言われるとお義母さんは悲しいと思うよ。おなかの子を気遣ってくれたし、なにより僕らの結婚を応援してくれたのは、お義母さんだったろ」

「いいかげん片づいてほしかっただけだよ」

「またそんな」

「言ったよね。ずっと政略結婚の道具にされそうになっていたって。田舎じゃ三十三歳は婚《い》き遅れだよ。だからもう道具にできないと諦めたのか、世間体を気にしたのか、どっちかだよ。ま、両方かもね。……あー、暉希くん、またわたしが時代錯誤なことを言ってるって顔になってる。でもホントそうなんだから」

結婚に関して言えば、義母と違い、義父からは強く反対された。理由は単純で、僕が花凜に、そして花凜の家族に釣り合わないからだ。

たしかに義父からすれば、僕など取るに足らない人間だ。

花凜の家は、昭和の東京オリンピックのころに祖父が町議会議員になったことを契機として、政治と関わるようになったらしい。祖父はやがて県議会議員となり、しかし知事に立候補するも志《こころざし》叶わず、県議会議員は息子——つまり義父が継いだ。義父もまた、僕たちが結婚を決めたとき、知事選への立候補を控えていた。賢太郎さんは当時、市議会議員をやっていて、今は義父の跡を継いで県議会議員だ。一方、雄太郎さんのほうは地元国会議員の娘婿に入り、その秘書を務めている。いずれそちらの地盤を継ぐのだろう。

花凜もまた、似たような家柄の息子との見合い話を持ちこまれ続けていたそうだ。政略結婚は過去の物語ではなく、今も一部では存在している。花凜の聡いところは、自分はいずれそういう使われ方をされると察知していたことだ。だが黙って受け入れる気などなかった花凜は、文句を言わせない偏差値の大学に入って上京し、大手企業への就職を決めた。まさに先を見据えて、だ。

あの日、花凜との結婚を求めた僕に、義父は罵倒といっていいほど厳しい言葉を投げつけてきた。正直、思いだすのはつらいほどの言われようだった。

義父は政治家なので、自身のウェブサイトを持っていた。そこに載せた笑顔の写真や美辞麗句の数々——実際に書いているのは別の人間だろうけど——の言葉との差が激しく、驚くしかなかった。とはいえ、表向きの顔とは違うタイプの人は世にいくらでもいる。自分で言うのは恥ずかしいが、僕は苦労人のほうなので、傷つかないための防御力を持っている。だからショックもあったけれど、ひとつずつ信頼を得て巻き返しを図るしかない、と思っていた。

そんなとき目の前で、義父が突然倒れてしまったのだ。

直前まで花凜は、義父に怒りの反論を浴びせていた。その答えを得る機会は、永遠に失われた。だから花凜は、気持ちがとげとげしたままでいる。回復していないのだ。

僕は花凜を抱き寄せた。

「僕らは僕らだ。花凜はもう桂坂花凜じゃない、草壁《くさかべ》花凜なんだよ。花凜の家族は、僕と、おなかにいる子供だよ」

うん、と腕の中で花凜がうなずく。

まださほど膨らんでいないおなかに手を伸ばす。なにかあると怖いからそっと触れるだけだ。だけど確実にいる。僕らの家族が、ここにいるのだ。


次の花凜の休みの日に、彼女はひとりで、今は建て替えられた実家へと出向いた。体調もいいというので、仕事のあった僕は任せることにした。自分の家の話だから自分で勝負するのだと、花凜は言う。こういうときの花凜は聞く耳を持たない。

「兄さんたちと闘ってきた」

マンションに戻ってきたのは花凜のほうが早かった。僕が帰宅すると、いつものようにダイニングテーブルでノートパソコンを叩いている。

「寿町のマンションの部屋と貯金の一部、三分の一には足りないけれど、納得できるラインで遺産を分割した。たしかに暉希くんが言ってたように、母のことは兄さんたちに任せていたしね。

正確には、賢兄さんのほうのお義姉さんにかな。そこは賢兄さんにも釘を刺しておいた。感謝を態度で示すようにと」

　すっきりした表情をしているから、本心から納得しているのだろう。しかも最後の一太刀も忘れなかったようだ。花凜らしい。

「花凜がいいなら、僕はそれでいいよ。で、どうするの。賃貸に出す？」

　ふたりとも東京で仕事があるので、引っ越すわけにはいかない。

「さっさと売ろう」

「そんなに急ぐこと？　将来、花凜が向こうに戻りたくなったら――」

「ない。それに子供が生まれると自由に動けなくなる。安定期の今のうちに手続きを済ませたい」

　それはそうかも、と僕はうなずいた。

「母の荷物が残ったままらしいから、遺品整理業者に処理を頼むことになる。売れるものは売ってもらって、売れないものは処分。そのまえに一応、最終チェックをしなきゃね」

　そう言った花凜が、ノートパソコンの画面を僕のほうに見せてくる。遺品整理業者を比較検討したのだと、料金その他の一覧が表計算ソフトにまとめてあった。

　荷物の最終チェックのために予定していた日は、僕のほうの休日だった。花凜の休日……つまり土日は店に予約が入っているから、身動きが取れないのだ。

　ところがその日、有休を申請していた花凜に、急遽出張が入ってしまった。クライアントの都合でずらせないという。花凜はもうすぐ三十八歳の誕生日を迎え、高齢での初産となる。つわりも収まりすっかり元気だと本人は言うが、それでも心配だ。

「後輩と一緒だからだいじょうぶだよ」

花凜は笑っている。

「だったら出張自体をその後輩に任せちゃだめなの？」

「上の人間がいないといけない。それにその子、年下だけど子供のいるお母さんだから、暉希くんよりは頼りになるよ。経験者だもん」

なにごとも先回りして準備万端に整える花凜の癖が裏目に出て、遺品整理業者にはすでに依頼をしていた。うしろの日程が詰まっているため、もう僕しか動けない。

「ごめんね、暉希くん。マンションのほう、全部任せることになって」

「それは全然かまわないよ。もともと花凜には、ただ座って見ていてもらうだけのつもりだったから。不安なのは、出てきたものが必要か不要かの指示出しがないことだけだよ」

「着物や宝石なんかは兄さんたちが引っぱり出して形見分けも済んでるから、全部まとめて捨ててもいい。ま、押し入れの奥からお宝でも出てきたら、兄さんたちには報告せずにもらっちゃおう」

花凜はちゃっかりしている。呆れて見ていると、ぺろりと舌を出した。

「なに？　いいじゃない。処分の手間を含めてまるごと相続したんだもん、許されるはずだよ」

「わかった。じゃあ、判断に迷ったらＬＩＮＥで連絡するから見て。僕の目当ては、花凜の子供のころのビデオやアルバム類だよ。アルバムの表紙とか、覚えている？」

「どんなだったかなあ。赤系の色だったとは思うんだけど、どうせ捨てられてるんじゃない？」

花凜が肩をすくめている。

大学入学を機に上京した花凜は、身の回りのものしか持たず、ほとんどの荷物を実家に置いたままだったそうだ。しかし、卒業したら戻るという当初の約束を反古《ほご》にしたため、自室に残してあった本も服も小物類も、腹いせのようにのきなみ捨てられたのだという。

「でもアルバムぐらいは残しているんじゃない？」

「わかんないよ。賢兄さんが家を建て替えるときにいろいろ整理したけど、わたしのものは一切なかったたっていうし」

「お義母さんが家族の思い出として、一緒に持っていった可能性が高いんじゃないかな」

「そんなことする人じゃないと思うけど。まあ、期待しないように」

お宝より期待できるのではと考えながら、僕らは駅で別れた。互いにキャリーケースを引いている。花凜の荷物は着替えだが、僕のものは空だ。ここにアルバムや思い出を詰めて戻ってくるのだ。


義母がひとりで住んでいたのは、駅から徒歩七分ほどのファミリー向けの分譲マンションで、僕らが今住んでいる部屋より広い2LDKだ。エントランスを入ってすぐのオートロックのボタンも色あせておらず、そこからも築年数の浅いことがうかがえた。きっとここで十年、二十年と暮らすつもりだったのだろう。なにしろ義母は、まだ六十七歳だったのだ。

エレベータを降りて外廊下を行き、部屋の鍵を開ける。澱《よど》んだ空気がやってきた。

空気を入れ替えようと、僕は玄関から続く廊下を先へと進んで、リビングを横切って腰高窓を開けた。続けてバルコニーに面した掃出し窓を開ける。とたんに外の冷気が入ってきた。二月とあってさすがに寒い。バルコニーにはいくつもの鉢植えがあったが、どれも枯れている。棒のようになった草がつき立っているプランターだけでなく、室内で育てるべき観葉植物の鉢もあった。入院後に世話ができなかったため萎《しお》れてしまい、誰かが外に出したのだろう。元に戻す方法もわからないし、このまま業者に任せよう。

ふと、病室にあったプリザーブドフラワーを思いだした。枯れないあの花たちは、義母の慰めになっていたはずだ。そうであればいいと祈った。

しばらく窓を開けたままにして、リビングと一体になったダイニングキッチンを見ていった。仕事柄、まず食器棚に目がいく。普段使いらしき陶器に交じって、ウェッジウッド、マイセンにロイヤルコペンハーゲン、ヘレンド、グスタフスベリといった高級なティーカップが並んでいた。なかなかの品物だ。ただ、すべて一客のみだった。客用ではなく、義母自身が楽しむためのものに違いない。

これはもらってもいいだろうか。先にここに来たお義兄さんたちのうち、賢太郎さんの家は子供が三人いる五人家族、雄太郎さんは妻の家に婿入りした六人家族だから、使いようもないと残しておいたのかもしれない。テーブルに並べて写真を撮り、ＬＩＮＥで花凜に送って指示を待つ。ほどなく、ほしいという意味だろう、サムズアップにした手のマークが戻ってきた。

花凜の言葉じゃないけれど、ちょっとした宝探しだなと、僕は楽しい気分になってきた。枯れた鉢植えを見たときは、突然病が見つかって入院し、なすすべもなく他界した義母がかわいそうで、人生のむなしさのようなものを覚えていた。でも義母は、このマンションに移ってからひとりの生活を満喫していたのだ。本人もそう言っていたじゃないか。そんな義母の生きていた足跡を辿るのは、供養といっていいだろう。

リビングダイニング以外のふたつの部屋は、ひとつはベッドルーム、窓のないもうひとつは荷物部屋のようになっていて、和簞笥や本棚が置かれていた。着物はすでに形見分けされているというので、クローゼットの洋服も含めて、衣装関係はスルーした。花凜がほしがるとは思えない。アルバム類の置かれている可能性が高いのは、本棚や押し入れ、物入れだろう。ひとつずつ探っていく。

本棚の一番下の段に、アルバムが入っていた。台紙に貼るタイプのものと、ポケットフォルダータイプのものの両方だ。花凜は、三人のきょうだいそれぞれ別に、生まれたときからの写真が台紙タイプのアルバムに収められていたと言っていた。賢太郎さんと雄太郎さんは双子なので、同じ写真を二枚プリントしていたそうだ。三人目とあって、自分の写真は彼らより少なかったのだという。

だが、今見つけた台紙タイプのアルバムは、義母自身のものだ。白黒写真からはじまっている。お義兄さんたちのものも、花凜のものもない。フォルダータイプに入っているのは家族の写真で、義母の見かけからして、ここ十数年のものだ。古いものでも二十年は経っていないだろう。となると花凜が上京したあとで、彼女が写るものはぱっと見、見当たらない。

とりあえず持っていくか、と全部引っ張りだした。置いておいても業者に捨てられるだけだから、あとは花凜が必要かどうかを判断するだろう。

本棚の奥に、小さな箱が立てて置かれていた。

なんだろうと思って引っぱりだす。青色の、もとは菓子かなにかが入っていたらしきしっかりした紙製の箱だ。よく見ると箱の表に、より濃い青色の筆記具で「花凜へ」と書かれている。振ってみると、かさかさと音がした。

箱の写真を撮って、花凜にＬＩＮＥを送る。

返事を待つ間にと物入れを探ってみたが、ほかのアルバムや、ビデオやＣＤの類は見つからない。

スマホから小さな音が鳴った。

花凜が「中身は?」というだけのメッセージを送ってきた。気を遣って開けないでいたんだけどなと思いながら、僕は蓋に手をかける。

幾通もの手紙が入っていた。一番上にある封筒のあて名は小山《こやま》怜子様で、住所はどこかの寮のようだ。怜子は義母の名前なので、小山とは旧姓だろう。消印の日付がかすれて読めなかったが、封筒が黄ばんでシミがついているところからみて、古いもののようだ。送り主は桂坂総太郎《そうたろう》。義父だ。

花凜に、義父から義母への手紙だろうとメッセージを送ると、「興味がないから捨てて」と、すぐに返事がやってきた。

そういうわけにもいかないだろうと、電話をかける。

「今だいじょうぶ?　手紙の件だけど」

「要らないって」

めんどうそうな声で、花凜は答えた。

「だけど箱の表にわざわざ、『花凜へ』って書いてあるんだよ」

「父から母あてってことは、ラブレターでしょ。他人のラブレターを読むのは、なんか、ねえ。ましてや親のものなんて、ぞわぞわする」

「そう？　僕だったら読みたいけれど」

「暉希くんは、ご両親と仲がよかったんでしょう。わたしは、どっちともあまり。お父さんからはかわいがられた記憶もあるけれど、なにかと押しつけてくるから反発もあったし、暉希くんにひどいことを言う人だってわかってからは、心底軽蔑した」

「花凜を心配してのことだよ」

僕はなだめる声を出す。

「でも許す気はない。だから興味がないの」

「この先もずっとなの？　同じこと、子供から言われたらショックじゃない？」

「どういうこと？」

「もしも将来、僕たちが子供と喧嘩をして絶縁したとするよ。でもきっと、仲直りをしたいって願うと思うよ。元の関係に戻りたいって」

「暉希くんらしい、ロマンティシズムだね。けれどお父さんはそんなだし、母とはそういう、元の関係さえないような気がするんだよね。……ごめん、今、時間があまりないんだ。そのかわり今日中に帰れるかも。切るね」

そっけなく、電話が切れた。

花凜は強情だけど前向きな人だ。仕事で嫌なことがあっても、美味しいものを食べたり愚痴ったりして、きっぱり切り替えて先へと進む。それでも許せない相手に対しては、成果を出してみせることで無理やりねじ伏せる。いや、蹴りたおす、という表現のほうが合っている。タフなのだ。

政略結婚のための見合いも、騙《だま》されて会わされたことがあったそうだが、花凜は自分の仕事の話しかせず、手に負えない女性だと思わせて相手のほうから手を引かせたという。先を読んで動くようすといい、むしろ花凜こそ政治家に向いている。本人はゲロが出ると言いそうだけど。

花凜が、このマンションをさっさと売ってしまおうというのも、子供が生まれるまえに手続きを済ませたいからだけではない。少しでも早くつながりを絶ちたいからだ。実家との縁まで切りそうな勢いだ。だけどそれでいいのだろうか。遺産分割の件は別として、お義兄さんたちとのふだんの仲は悪くないようすだ。横暴な父に似てきたと花凜が評する賢太郎さんはともかく、雄太郎さんは一貫して、花凜の自由にすればいいというスタンスだ。

僕は義父に認めてもらえないままだったけれど、義母からは優しくされた。義父が倒れたときも、これからはあなたが花凜を支えてあげてと言われた。花凜はひとりで立てる人間なので、僕の支えは要らないと思ったけれど、母親としてはそうしてほしいものなのだろう。花凜が考えているほど冷たい人ではないのだ。小さな誤解やすれ違いが重なった結果、強情な花凜と、気丈な義母とが反発しあってしまった。そういうことじゃないだろうか。

義母とはもう仲直りできない。けれど、かたくなになっている花凜の気持ちを解きほぐしてあげたい。

なにかヒントとなるものが隠れていないだろうか。僕は、箱で眠っている手紙に指を這わせた。

＊

拝啓
早春の候、突然のお便り、失礼いたします。

貴女は覚えていらっしゃるでしょうか。私は、つい先日まで貴女の勤める病院に入院していた桂坂総太郎と申します。今はすっかり元気を取り戻し、日々の仕事をがんばっております。

元気を取り戻し、というのは正確ではありませんね。入院中も元気だったのですよ。流行りに乗って仲間とスキーにでかけたところ足を折り、救急車に乗って病院に入っただけで、骨さえ元通りになればまったくの健康体、ひとつの問題もないのですから。

とはいえ初心者の分際で頂上近くまで行き、一気に降りてくるなどと、我ながら無茶なことをしたものだと反省しきり、心も折れておりました。

しかし私は、貴女の懸命の看護に救われました。あの日の白銀の頂上よりも高く舞い上がる気持ちでいっぱいになったのです。

無事に退院できたのは貴女のおかげです。毎日のように見ていた貴女の笑顔、それが私の元気の源だったのだと、退院の日を告げられたときに気づきました。退院の喜びよりも、貴女と会えなくなる寂しさのほうが大きかった。そしてそれは予想していたよりもはるかにつらいもので、今、私の心のなかでは寒風が吹いています。

もう一度、貴女とお会いしたい。もう一度骨を折れば、貴女にお会いできるかもしれない。そんな馬鹿なことを考えてしまうほどです。

ここに私、桂坂総太郎は告白いたします。

私は貴女、小山怜子さんに恋をしております。ぜひ、私とお付き合いをしていただけないでしょうか。衷心よりお返事をお待ちしております。

敬具

昭和五十六年二月二十日
桂坂総太郎

小山怜子様

＊

なんて直球なと、僕は呆気に取られつつも、感動していた。

ストレートな告白は、義父の性格からくるものなのか。それともこの時代の人の感覚なのか。

昭和五十六年……西暦に直すと一九八一年、四十三年前の手紙だ。

僕は、少ない現代史の知識を頭に呼び起こす。バブル景気のころより前だと思うけれど、自信がない。スマホを取りだして検索をした。高度成長期とバブル期に挟まれたこの時期を安定成長期と呼ぶ、と書かれた記事が見つかった。字面からみて、地味に成長していたころ、ということなんだろうか。興味が湧いたので、さらにスキーについて調べると、こちらは何度か流行が起きていたようだ。最大のブームはバブル期を待つものの、サーフィンとスキーを題材にした女性アーティストのアルバムが前年の十二月に発売されていた。収録してある曲の一部は僕も知っているし、今も古びずに歌われている。サーフィンもスキーも、憧れのアクティビティだったのだろう。義父はお金のある家の人だったから、流行りの先駆けに参加していたわけだ。

それにしても、義母と義父の出会いが、看護師と入院患者だったとは。ベタな恋愛ドラマを見ているような気分だった。ぞわぞわするという花凜の感覚は、当たらずといえども遠からずだ。文章も練りに練られていて、その必死さが今読むと滑稽で、少し気恥ずかしい。義父はこのころ、二十六歳か二十七歳か。いや、ほほえましいと言うべきだ。

今の僕たちより若い親の姿を、花凜はどう感じるだろう。まずは「ぎゃー」と羞恥に叫びそうだけど、義父の素直で偽らざる思いは、伝わるんじゃないだろうか。

花凜の心は動くだろうかと思いながら、僕は二通目を手に取った。

＊

怜子。

どうか父のことを許してほしい。そして待っていてほしい。

父は怜子をよく知らないのだ。だから看護婦ふぜいなどと暴言を吐いた。私もあれは許せないと思う。いや、思う、ではない。許せない。その態度は改めてもらうよう、私からよく説明をする。きっとわかってもらう。

お父さんがいないことだってそうだ。その分、お母さんが怜子にいっぱい愛情を注いでくれたはずだ。それが、怜子の気配りができるところや、誰にでも優しく接するところといった、あらゆる美点につながっていったのだと私は思っている。

怜子の人柄を知れば、父はきっとわかってくれる。

だから待っていてほしい。

怜子、私を信じてくれ。

＊

頭語も結語もなにもない、走り書きのような手紙だった。実際に、急いで書いたものなのだろう、漢字の止め跳ねにまで気をつけられていた一通目と違って、あきらかに字が乱れている。

手紙には日付が記されていなかったが、消印がかろうじて読み取れた。一通目から半年ほどあと、同年の八月二十七日と印字されている。

ふたりの間になにがあったかはわからないが、たぶん僕の想像どおりだろう。

義父の告白を、義母は受け入れたに違いない。半年の間のどこかで、真剣な交際に至った。だが父親に、つまり花凜の祖父に反対された。

理由は、釣り合わないから。

僕と同じだ。

看護師も料理人も、自分の能力で生活できるし、どんな職業にも劣らない……いや、ほかより劣る職業などありはしないのだ。けれど、目下に見てくる人はどうしてもいる。両親が揃っていないことだって、本人ではどうにもならないのに、色眼鏡で見てくる人はいる。

花凜の祖父も、そういった考えを持つ人だったのだろう。四十三年前だったら、今よりも遠慮なく口に出していたのかもしれない。

それにしても皮肉だ。僕はつい笑ってしまう。

義父は、自分の父親と同じことを僕に言っていると気づかなかったんだろうか。それとも、忘れてしまったのか。

五年前、わたしたち結婚しますと、花凜は決定事項とばかりに実家へ連絡をした。そのころはもう、僕らは一緒に住んでいた。僕のほうには身内がいないからいいけれど、さすがに電話一本で結婚しますは失礼ではないかと僕が花凜に頼み、G県まで挨拶に出向くことになっていた。ところが約束の日の前日に、義父と義母が揃って東京の僕らの部屋までやってきたのだ。

義母は硬い表情をしながらも落ち着いたようすだったが、義父は震えながら怒っていた。そして言ったのだ。

娘をたぶらかすとはどういうつもりだ、と。

あのとき花凜は誕生日を迎えたばかりの三十三歳で、僕も三十歳になっていた。「娘をたぶらかす」だなんて、せいぜい十代の子に対して使う言葉じゃないかと、僕は唖然としていた。花凜はというと、大声で笑った。たぶん冗談だと思ったのだろう。

それが火に油を注いでしまったようだ。義父は罵倒に罵倒を重ねてきた。

料理人ふぜいが、浮き草商売だ、学歴がない、親兄弟がいないから頼れる相手を求めていたのだろう、花凜の収入目当てだ、と。思いだしたくないけれど、刻印でも押されたように記憶に残っている。傷つかないための防御力は持っているとはいえ、多少の傷はついたようだ。

どうやら義父は僕のことを詳しく調べたらしい。前年度の収入まで正確に知っていたので、嫌な汗をかいた。だが言われたとおり、花凜の年収の半分にも満たなかった。花凜の収入目当てだと、義父が思いこんでも仕方がない。納得してもらえるように、僕が態度で示すしかないのだ。

花凜は僕の性格などの美点をあげていってくれたけれど、義父は騙されているの一点張りで譲ろうとしない。そのうえ花凜に、会社を辞めさせて実家に連れて帰る、などと言いだした。冷静でいようとしていた花凜がキレたのは、たぶんそこだ。花凜は真っ赤になって怒り、義父との口喧嘩がはじまった。僕は事態を収めようとしたものの、よい方法が思いつかなかった。まずはふたりを落ち着かせ、時間をかけて僕らのことをわかってもらう。それしかないだろう。

だが突然、義父はその場に倒れた。

興奮しすぎて脳の血管が切れたのでは、と花凜も僕も思った。のちになって、自分たちのせいではとこぼした僕に、もともと高血圧だし仕事のストレスも多かったせいよ、と義母は慰めてくれた。花凜もショックを受けてはいたが、理不尽に怒ってボルテージを上げた父親本人が悪い、と自分自身に言い聞かせていた。

僕は知らない間に、義母への手紙を強く握っていた。

慌てて皺《しわ》を伸ばし、元通りに畳んで封筒へと入れる。

花凜の祖父は、彼女が中学を卒業するまでは存命だったと聞いている。義父はその地盤を継いでいる。ということは、和解を済ませて結婚したのだろう。

どんなふうにわかってもらったのだろう。できれば僕も、義父に結婚を祝福してほしかった。

＊

前略
急な仕事が立て続けに入ったせいで約束を違えてしまったね。心細い思いをさせて申し訳なかった。

万が一にも怜子が誤解してはいけないと思って、筆を取った。手紙で話すのは久しぶりだね。

例の見合いの話は、正式に断っている。どうか安心してほしい。

父は次の知事選に出たいがばかりに、私を老舗の会社の社長令嬢と結婚させたかったんだ。あの会社を取りこめば、地元での票が伸びる。けれど私は絶対に嫌だと言った。私自身の人生だ。好きな人と一緒になりたい。この気持ちは誰にも動かせない。そう言って、父とはなんどももめた。けれど最終的には父も認めてくれた。

それもこれも、怜子が優しい心で粘り強く両親と接してくれたおかげだ。忙しい中、料理もずいぶん覚えてくれたようだね。ありがとう。

怜子が先日作ってくれたミートローフが美味しかったと、お礼を言うよう母から頼まれている。

母は、洋風の凝った料理をあまり作らないから、見栄えがよくて目でも楽しめたとのことだよ。

父は、以前作ってくれた餃子がお気に入りのようだ。あまりにきれいに包んであったから、手作りだとなかなか信じてくれなかったね。怜子は手先が器用なのだと自慢しておいた。看護婦を辞めてもらうことも、納得してくれてありがとう。

身体の弱いお母さんのために看護婦を志したと聞いたときは感動したよ。これからは桂坂家が、お母さんへの援助を行うことを約束する。

わがままな患者とも、夜勤のつらさとも、早くさよならするといい。責任感の強い怜子のことだから、すぐに辞められないのはよくわかるよ。私から病院に話をしてもいい。向こうは怜子の真面目さに胡坐をかいているんだ。そこのところをちゃんとわかってもらわないといけない。

これからふたりで、結婚に向けて準備を進めていこう。費用の心配は一切要らないから、任せてほしい。怜子は身一つで来てくれればいいんだ。

幸せになろう。

草々

桂坂総太郎

昭和五十七年九月十日

小山怜子様

＊

手紙の日付は、さらに一年後だった。

父親に交際を反対されたあと、ふたりは諦めるでもなく駆け落ちするわけでもなく、一年も粘っていたようだ。それだけ深く、互いを思いあっていたのだろう。

成功の鍵は、義父の粘り強い説得と、義母の献身、手紙からはそう読み取れる。なるほどと納得しながらも、僕は、どこか据わりの悪さを感じていた。

義父の説得の強さはわかる。どれだけ相手を思っているのか、自分の動かせない気持ちや相手の魅力を語って、父親の理解を求めたのだろう。だが、自らを譲ったのは義母で、義父がそうしたようすを感じ取れない。現代だからこその考えかもしれないけれど、そこに引っかかってしまう。

義母は料理のレパートリーを増やして振る舞い、将来の義父母を懸命にもてなしていたようだ。しかも複数回にわたってだ。この手紙の一年前には侮辱を受けていたにもかかわらず、信頼関係を作りあげるのは並大抵ではなかったはずだ。

看護師の仕事も、義母から取り上げたのだろうか。義父が、辞めてもらう方向へと迫ったようにも読める。もちろん、義母本人が仕事に倦《う》んでいた可能性がないわけではないが。

もしも僕が、今の仕事を辞めて花凜の家のために時間をささげろと言われたら、どうするだろう。今の店も、料理の仕事も好きだから、相当悩んでしまう。簡単に結論を出せるものじゃない。けれど義母は、自分の仕事よりも、義父と一緒になることを選んだ。

義母の選択に異を唱える気などないけれど、そうまでしないと結婚できないというのは、僕の感覚とは違うというか、受け入れがたいものがある。花凜も同じ意見だろう。だから会社を辞めさせて実家に連れて帰るという、義父の言葉にあんなにも怒った。

義母は、小さくない後悔を持っていたのかもしれない。最後に僕に告げた、もしも次の人生があるなら別の道を選ぶと思うという言葉。あれは、このときに下した決断を思い返してのものかもしれない。

そうか。だから義母は、僕らの結婚に賛成してくれたのか。

ふたりが僕らの住む部屋に乗りこんできたあの日、義母は硬い表情を崩さなかった。義父が倒れるまでは、あいさつ程度しかしなかったように記憶している。

以前から花凜に、母は父の言うことに「はいはい」と従っている、と聞いていた。けれど心の底ではなにを考えているかわからない人だと。

義父が倒れたとき、緊急性の問題もあって、まず東京の病院に運ばれた。賢太郎さんたちがやってきて、花凜と一緒にいる僕は誰なのかと戸惑っていた。あのとき義母は、僕のことを花凜の婚約者だと紹介した。義父が僕を罵《ののし》ったことや結婚に反対していることは、一切話さなかった。

あとから僕の収入や両親がいないことなどの情報を知った賢太郎さんは、親父は反対しているのではないか、と疑問を投げかけてきたが、義母は、花凜が決めたのだから口を出すべきではないと言ってくれた。

雄太郎さんは、花凜を家の犠牲にしてはいけない、自由に生きればいいと祝福してくれた。が、その言葉の裏に、花凜に対する新たな政略結婚の目論見があったことを、僕らは感じ取った。たぶん、義父が知事選に出ようとしていたことに関係するのだろう。

手紙を読んで、かつて義父にも政略結婚の話が持ち上がっていたことがわかった。義母はきっと傷ついていただろう。結果的にはなくなった話とはいえ、気持ちが揺さぶられないわけがない。

義母は余計なことを言わず、僕らの後押しをしてくれた。花凜や僕に、当時の自分と同じ思いをさせたくないと考えたからだろう、僕らの耳に入らないようにしていたのだ。

僕は帰りの電車に乗った。

キャリーケースには、花凜に処分されることも前提として、アルバム類を入れてきた。花凜のものが見つからなかったのは残念だが。

物入れの中に購入時の箱が残っていたブランドのティーカップも、そちらに入れた。箱のないものは丁寧に包んで、エコバッグに入れた。電車が空いているのを幸いと、荷物を隣の席に置く。

手紙が入っていた箱も持ってきた。

義父と義母の結婚前の手紙を読めば、花凜も、義母が僕らに抱いた気持ちを知ることができるだろう。愛情を示すことが下手な人もいる。自分に接する態度が兄たちへのものと違う、そんなふうに感じるのは、同性ゆえではないだろうか。

家に帰るまでの間、残りの手紙を読むことにした。次の手紙はエアメールだった。外国の切手が貼ってある。あて名はすでに桂坂怜子様と、苗字が変わっていた。

＊

Dear Reiko,

体調はどうだ。おなかの子たちは順調か。こちらは元気にしている。

ロスオリンピック、きみも見に来れたらよかったのにね。テレビ画面からでは伝わり切れない熱狂があるんだ。街も活き活きとしているし、人々は楽しそうだし、最高の盛り上がりで興奮したよ。

もちろんそれはおまけで、遊びにいったわけじゃないよ。会社が北米事業に乗り出すから、そのための下準備だ。工業用地を選択するために来ただけだったんだが、本格的にこちらで勤務しないかと打診をされた。ここにいるとすべてが刺激的でわくわくするし、きみと生まれてくる子供たちと、楽しい生活ができるような気がする。

けれど私には家があるからね。遠からず会社を辞めて、親の地盤を継ぐ。それが父との約束なんだ。タイミングにもよるけれど、しばらく日本に帰れないということになっては困ってしまう。悩ましいね。だがきみは、私がどちらを選択してもついてきてくれるだろう。

一週間後には帰れるから、お土産を楽しみにしてくれ。

See you,

P.S.

お義母さんの具合はどうかな。きみも身体がつらい時期だから、あまり無理はしないように。

＊

ロスオリンピックが開催されたのは一九八四年の七月だ。

賢太郎さんたちが生まれたのはその年の九月で、義母はこの手紙のころには妊娠後期になっている。だから連れていけなかったのだろう。

花凜から、海外に住んでいたという話は聞いたことがない。ものごころついて以来、高校を卒業するまでG県の実家にいたということだった。義父は父親の秘書を経てから県議会議員になったそうだから、アメリカで勤務しないまま会社を辞めたのだろう。

好奇心が旺盛な花凜のことだ。この手紙を読んだら、義父の下した選択を残念に思いそうだ。義父の書く「わくわく」を体験したかっただろう。

それは手紙の文面、というより言葉からも伝わってきた。Dearではじまり、See youで終わっている。ほかは全部日本語なのに、浮かれているようすが感じ取れる。

僕はついほほえんでいた。そのまま次の封筒を手に取る。

電車が揺れた。ティーカップを入れたエコバッグが落ちては大変だと、手で押さえる。代わりに手紙が床に落ちた。

拾いあげるときに気がついた。表の住所と、義父の記した裏の住所が違っている。義母は、東京に住んでいた。あすなろ荘203号室という、アパートらしき住まいだ。

＊

前略
雄太郎はもう、東京の病院を退院したはずだね。定期的な通院は必要だろうが、そのときだけホテルに泊まればいいだけだ。ゆくゆくはこちらの心臓専門医で検診をしていくことも可能だと、執刀医にも主治医にも確認している。嘘は通じないよ。

早く帰ってきなさい。賢太郎も寂しがっている。

雄太郎と同じ東京の病院で賢太郎の検査もしなくてはいけないと怜子は言ったが、それは認められない。賢太郎の検査はこちらで受けさせる。予約ももう取ってある。

一卵性の双子だから同じ場所に穴が空いている可能性がある、そうも言ったな。こちらが素人だからわからないとでも思っているのか。

これも医者に聞いたが、心臓ができるのは、妊娠五週目ぐらいだそうじゃないか。

賢太郎と雄太郎に、受精卵が細胞分裂をしたのはもっと以前のはずだ。遺伝子の情報が同じだからといって、すべての臓器が同じように作られていくとは思えない。

賢太郎を東京に連れていったが最後、返さないつもりなんじゃないか。

そんなことはさせない。怜子の怒る気持ちは理解できるが、賢太郎は桂坂家の跡取りだ。雄太郎だって大事な息子だ。

それに、心臓の手術だなんて大きなことがあったんだ。この先の身体に、どんな影響があるかわからない。どんな病気が待っているかもわからない。それらについての費用が、どれだけかかるかも見当がつかないだろ。怜子とて、ふたりの将来を潰すつもりはないはずだ。

冷静に考えれば、どう行動するのがいいのかわかるはずだね。

そちらでの生活費も桂坂家が出していることを忘れないようにと、父はそう言っている。怜子が戻ってこないと、お義母さんの援助もできなくなってしまうよ。

そのあたりもよく考えてほしい。そしてもう一度言う。雄太郎と一緒に早く帰ってきなさい。

草々

＊

僕は便箋を持ったまましばらく固まっていた。なにがどうなったのだろう。

さっきまでの手紙の雰囲気とはまるで違う。ここに至るまでに別の手紙があったのではないか、一緒に落としてしまったのではないかと床を見てみたが、なにもなかった。

また日付が書かれていない。消印も、潰れて読み取れなくなっていた。花凜のことに一切触れていないところをみると、まだ生まれていないのだろう。

となると、一九八四年九月以降、一九八六年二月までの間だ。おなかのなかにもいないのであれば、もっと狭まる。

結婚して、賢太郎さんたちが生まれて、義父も義母も幸せに溢れていたはずだ。それなのに、どうしてこんな刺々《とげとげ》しい手紙が出されることになったのか。

手紙から読み取れたのは、雄太郎さんが東京の病院で心臓を手術したことと、義母が付き添いか看病のために近くのアパートを借りて住んでいた、ということぐらいだ。賢太郎さんのほうは義父のもとにいるようだ。花凜は以前、祖母は祖父が他界してから認知症になったと言っていたから、まだ元気なお祖母さんが、賢太郎さんの世話をしていたのだろうか。

雄太郎さんに心臓の病気があったとは知らなかった。外から見る限りどこも悪くなさそうだし、賢太郎さんとの体格差もない。きっと子供のころに完治したのだろう。花凜が話題に出したことさえなかった。

けれどこのころ、義父と義母の間に別れ話が持ち上がっていたのだ。電話なのか、直接話をしたのか、手紙に記されていないところでその話は進んでいたようだ。

怜子の怒る気持ちは、とあるから、原因は義父なのだろう。

原因かどうかわからないが、僕は正直、義父の書く言葉のはしばしに、隠れた問題や違和を感じていた。

賢太郎さんを跡取りと断じているのがまずひとつだ。賢太郎さんと雄太郎さんは双子だ。どちらが跡を取るかなんてわからないし、もちろん、取らなくてもいいはずだ。

だが実際にここで書かれたとおり、賢太郎さんが後継者となり、雄太郎さんは外に出された。それも国会議員の娘の婿という形でだ。雄太郎さんが、花凜を家の犠牲にしてはいけないと言ったのは、本人が望んだか望まなかったかは別だけど、自身がそう扱われたという気持ちがあったからではないか。

最初から、ふたりの道は決まっていた。賢太郎さんが戸籍上の長男だからだろうか。もっと残酷に考えると、雄太郎さんに病気があったからなのか。

離婚をするなら親への援助もしないとばかりに金の話を持ち出すのも、気持ちのいいものではない。思えば、一通前のエアメールもそうだった。アメリカで仕事をするのか、親の地盤を継ぐのか。決めるのは義父で、義母はついてくるのが当然と考えているようだ。

義父は、いつのまにか自分自身の父親と同じになっていた。家を守るための行動しか取っていない。義母の気持ちは二の次になっている。というより、義母が見えていないかのようだ。

もしも花凜が義母の立場に立たされたなら、どんな脅しを受けようとも、ここで義父と別れるだろう。

義母も別れればよかったのだ。

僕はそう同情したあとで、それでは花凜が生まれないだろうことに気づいて笑ってしまった。

考えてみれば、病気を抱えた雄太郎さん、夫とその家族のもとから取り返したい賢太郎さん、具合の悪い自身の母親という三人を、いくら看護師の資格を持っているとはいえ、ひとりで養っていくのはむずかしいだろう。

義母は冷静に判断した結果、別れない道を選択したのだ。

そして夫が亡くなってから、やっと自由を手にした。植物を愛《め》で、とっておきのティーカップで優雅な時間を楽しむひとりきりの生活を。

だからこその、残念だというつぶやきだったのだろう。

僕は、次の封筒に手を伸ばした。これが最後の手紙だ。ずいぶん分厚い。三つ折りにされた便箋の束が、ふたつ入っていた。

＊

前略

怜子。改めて思う。きみを手放すことなんてできない。

思えば、雄太郎の病気がわかってからのきみはすごかったね。市民病院には任せておけないと、大学病院に飛びこんだ。さらに看護婦時代の知識と伝手を生かして、さまざまな病院に電話をかけ、名医中の名医を探しだし、東京へと飛んだ。その先生のいる病院の近くに部屋を借り、ときには病院にも泊まりこみ、献身的に雄太郎の世話をした。本当に頭が下がるよ。

それだけじゃない。合間を見てお義母さんのようすも確認していたんだね。骨折して動けなくなっていることに気づけたのは、怜子の細やかな連絡と、お義母さんの周囲にいる人への心配りを忘れなかったからだね。

お義母さんのことは安心してほしい。よい老人ホームを見つけておいた。今後の暮らしに心配はないよ。

機を見るに敏、という言葉があるけれど、まさにきみはそれを体現していたんだね。それもこれも状況に応じた的確な知恵と、いざというときの判断力があってのことだ。

そんな怜子を裏切ることをしてしまったのは、本当に申し訳なく思っている。

なんども言うように、ほんの気の迷いだったんだ。怜子がいなくて寂しいという気持ちに負けてしまった。二度とこんなことはしないと神仏に懸けて誓う。

許してくれてありがとう。やっぱり怜子は最高の嫁だ。

彼女とは一切の縁を切る。

あの子もあの子で、ただ意地を張っていただけなのだ。だからここまで、ずるずるきてしまった。

ずっとうちを観察していたと、あの子は言った。怜子の姿が見えなかったから、別れたと思っていたそうだ。うちの子が双子ということも知っていたので、一方を連れて、一方を置いて出ていった、そうも思い込んでいたようだ。

勝手な解釈をしたものだね。そんなことはあり得ないのだから、訊ねてくれれば問題もなかったのだ。そうせずに自分に都合のいい思いを巡らせて、私への気持ちを募らせていったのだ。

それに乗ってしまった私が悪い。もちろんだ。言い訳をするつもりは一切ないんだよ。ただ改めてここに、事実を述べておこうと思ってね。

結婚できると思っていたと、あの子は白々しくもそう言ったのだ。私は強くショックを受けた。この気持ちは、男にしかわからないだろう。

怜子。

段取りはわかっているね。

きみには、ある種のアリバイを作ってもらいたい。いや、不在証明とは正しくないかもしれないね。存在していた証明、とでも言えばいいだろうか。

一刻も早くきみに帰ってきてほしいと思っているし、まだ物心もついていない賢太郎も、きみを慕って泣いている。それでも、あと四ヵ月はそちらにいてほしい。東京で動き回るのはかまわないが、決してこちらには立ち寄らないでくれ。

私は間もなく、会社を辞めて父の下に入る。辞めたあとで変な噂が立っては困るから、あの子にも会社を辞めてもらう。もちろんそれだけの賠償はするし、絶対に連絡をしてこないよう、約束させた。秘密を守れる病院も探してある。

四ヵ月後、きみはあの子が産んだ子供と一緒に戻ってくるんだ。五人家族になろう。いや七人家族だね、大家族だ。

怜子に会える日を楽しみにしているよ。

草々

追伸
念書のコピーを同封しておく。よくたしかめておいてくれ。

昭和六十年十月十九日

桂坂総太郎

桂坂怜子様

＊

誓約書
私、佐藤侑希子《さとうゆきこ》は、二度と桂坂総太郎様をはじめとする桂坂家に近づきません。

生まれた子はただちに桂坂家に引き渡し、桂坂家の子供とすることに同意いたします。

また、この先の将来において、その子や桂坂家に対して、なんらかの権利を主張することは一切いたしません。

もちろんこの件に関して、口外することはいたしません。

その対価として、桂坂家より金一千万円を受け取ります。約束を違えた場合は、全額をお返しすることを誓います。

昭和六十年十月十七日　　　　　　　　　　　　　佐藤侑希子

＊

二通の日付は、花凜の誕生日の四ヵ月ほど前だった。

花凜は、義母の実子ではなかった。義父の不倫相手が産んだ子だったのだ。

花凜の抱えていた、義母から兄たちとは違う扱いを受けたという思いも、相性の悪さも、それが理由だったのだ。なにも知らない花凜は、ただ子供として母親を慕っていたのだろうけど、義母には屈託があったのだ。そのせいで、ふたりの間に軋《きし》みが生まれた。

電車が速度を落とした。案内のアナウンスが聞こえる。駅が近いようだ。やがて扉が開く。乗りこんでくる客が多い。僕はキャリーケースを引き寄せて、エコバッグを膝の上に移した。手紙はすでに、箱へと戻してある。

荷物をもう一度、しっかりと抱えこむ。

これらの手紙を見せれば、花凜はすべてのことに納得する。大きなショックも受けるだろうが、義父も義母も死んでしまった。花凜のことだから、当事者たちに罵倒の言葉を浴びせるだけ浴びせて、あとは前を向くはずだ。忘れることができないにしても、過去は蹴り飛ばすことだろう。

でも僕は。

……手の震えが止まらない。

僕は、花凜より三歳下だ。いわゆる授かり婚でできた子供で、両親の結婚は僕が生まれる五、六ヵ月ほど前だ。どちらももう死んでいるから、当時の話は聞けない。

それ以前の話も、訊けない。

日本で一番多い苗字は、佐藤だそうだ。僕の母親の旧姓も、佐藤だ。名前は侑希子。ゆきこを侑希子と書く人は、多いだろうか。どちらかというと少ないほうではないだろうか。

僕の頭のなかで、いくつもの欠片《かけら》が回っている。とげとげになった欠片が。記憶の断片が。

義父が、約束の日の前日に突然、怖い顔をして僕らの住む部屋に乗りこんできたのはなぜなのか。世間体のある人物なのに、コンプライアンス的にどうかと思える理由まで並び立てて、僕たちの結婚を阻止しようとしたのはなぜなのか。

義母が、義父が倒れたあとですかさず結婚の後押しをしてくれた、その本当の意図とは。一番残念なのは最後まで見届けられないことだという、おなかの子を大事にという、あれらの言葉は。寿町のマンションを、あえて花凜に遺した理由は。アルバム類の奥に仕込んであったかのような手紙の箱は。花凜へと、わざわざ記してあったのは。

義母は、花凜の存在そのものを憎んでいたのだろう。地獄を見せたかったのだ。

僕のことは、どう思っていたのだろう。僕にも母の代わりに、報《むく》いを受けさせたかったのではないか。

やっとわかった。

死んだ母が、つましい生活のなかで僕のために遺してくれたお金の出所が。

そして僕が、花凜こそが家族になるべき相手だと、思ったのはなぜなのか。

ポケットに入れたスマホが、着信の音を鳴らした。花凜からのLINEだ。仕事が早く終わったので、日帰りできそうだという。どちらのほうが先に帰れるかなと、楽しそうに綴っている。

僕は、手紙を花凜に見せるべきだろうか。

05

あの日、キャンプ場で

千鶴《ちづる》の遺体が見つかったのは、キャンプ場近くの川だ。渓流《けいりゅう》を少し下った先、中洲の藪《やぶ》に、人形が引っかかっているように見えたという。

あれから二日後のことだった。

あの日、キャンプ場でなにがあったのか、悲しむ仲間たちに打ち明けるわけにはいかない。


キャンプ場はアスレチックエリアや遊具が充実し、夏休みともあって子供たちのはしゃぐ声が響いていた。すぐ脇を流れる川には上流にラフティングの施設があるそうで、架かる橋から、大きな水しぶきを立てて渓流を下っていく人々を眺めることができた。

監督を務める植村優佑《うえむらゆうすけ》先輩の指示で、わたしの同級生の入間迅《いるまじん》くんがその人たちにビデオカメラを向けた。いくら大学生の自主制作映画でも、相手の許可なく撮っていいんだろうか。

「植村先輩、勝手に撮っちゃだめだと思います」

「うるさいこと言うなよ、九条《くじょう》。素材にするだけで、顔はわからないよう加工するんだよ」

「そんなシーンを書いた覚えはないんですけど、どこで使うんですか」

わたしの質問を無視して、植村先輩は橋の向こうへと行ってしまう。

「美登里《みどり》、言っても無駄だよ。映研《うち》のわがまま人間第一号なんだから」

こちらも同級生の、渡会亜弓《わたらいあゆみ》に慰められた。

映画は監督のもの、とはよく言われる言葉だ。だからといって、演出の都合でどんどん脚本《ホン》が変わっていくと、むなしさを覚える。

一日を締めるのはBBQ《バーベキュー》だ。これも撮っておけば使えると、植村先輩がスマートフォンで撮影している。突出して年齢の高い植村先輩を筆頭に、男子四名、女子五名の合計九名が、映画研究会のメンバーだ。みな、おおいに食べる。二年生のわたしはちょうど二十歳の誕生日がきたばかりで、ほかのオーバー二〇《トウエンテイ》の部員とともにお酒も飲んだ。やがて疲れと酔いで眠りに誘われるものが増え、解散となった。男子はテントに、女子は小屋のような建物——キャビンに、それぞれ散っていく。

いや、正確には女子のなかでひとりだけ、一年生の馬場《ばば》千鶴がテント泊だ。

「あの子、アタシ、ソロキャンを体験してみたかったんですぅー、なんて言って、どこがソロ？ソロキャンって、ひとりキャンプってことだけど！」

亜弓が口を尖らせる。亜弓が千鶴に冷たいのはいつものことだ。かわいい系アイドルっぽい千鶴が入部したせいで、女王様キャラの亜弓は主役の座を奪われた。でもそれが理由のすべてじゃない。千鶴は他人《ひと》との距離をすぐ詰めてくるタイプで、打ち解けるのも早かったけれど、その分遠慮がなくて好き勝手を言い、常々わたしたちを呆れさせていた。亜弓が認定するわがまま人間第二号は、千鶴だ。

「レンタルショップでわざわざテント借りてな。最初はシャワーのついてるキャビンやないとイヤやて、さんざんごねてたのに」

同じく同級生の、河野英梨《こうのえり》が苦笑する。シャワーつきのキャビンの予約はすでに埋まっていた。

他のグループも利用するシャワー室を使うしかないので、千鶴は文句たらたらだったのだ。

「ここに来てからテントが借りられると気づいて、だったら試しに、と思っただけじゃない？　本当のソロキャンはハードル高いけど、男子のテントがそばにあるなら安心だし」

わたしも千鶴の行動には閉口していたけれど、悪口大会になるのがいやで、フォローをした。千鶴と同じ一年生の岩崎莉子《いわさきりこ》が、居心地の悪そうな表情をしていたせいもある。

「九条先輩の言うとおりです。ソロキャン、やってみたいけど機会がないって言ってましたから。あと、Instagramにも上げるって」

莉子の言葉でいっせいに、みながスマホをチェックした。ソロキャン初体験、という言葉にハッシュタグをつけて、テントのなかで自撮りをする千鶴の写真がアップされていた。莉子は千鶴を庇《かば》ったつもりかもしれないけれど、新たな燃料を投下したようなものだ。

「『テント張るのむずいー』ってなにこれ。男子に張ってもらってたじゃん。『がんばって遠出してみましたー』もなにも、みんなで来たんだし、千鶴は運転してないし。ホント、息をするように嘘をつくんだから！」

亜弓がますますむくれる。

「インスタではよくある演出だよ。千鶴らしいじゃない」

と言ったわたしを、亜弓は睨んだ。

「美登里は甘い。主役の言い分は全部通るなんて勘違いを、千鶴にさせちゃだめだよ。だいたい今日撮ったシーン、美登里が書いた脚本では海でのできごとだったよね。それを千鶴が、アタシ泳げないー、海に入るの怖いー、って言ったとたんに、男子連中がそうだよねって賛同して、結果、設定が山に変わって」

「わたしも泳げないから気持ちはわかるよ。脚本を読んだ植村先輩が、女子は全員水着な、なんて言いだすからびっくりした。でも、青春の一ページを演出する絵を撮ることが目的だから、海でも山でもいいよ」

植村先輩が水着だなんて言うから、千鶴が泳げないとごねるよりまえに、そういうことにしていた。水着なんて中学校以降は持ってない、と嘘もついている。水着姿が映像に残るなんて、ぞっとする。

「言うてたねえ。美登里の脚本では普通に服、着てんのに、なんで水着の必要あるんって思たわ」

「同感です」

英梨も莉子もうなずく。亜弓はわたしを睨んだままだ。

「あたしが言いたいのは、水着がどうこうって話じゃないの。千鶴は身勝手ってこと。それを容認しちゃだめってこと。北館で撮影場所を捜してた日のこと覚えてる？　あの子休憩するって言ったまま、無断で帰ったんだよ。連絡もせずに。あとで責めたら、バイト入れてたのを急に思いだしてって、しれっとしてさあ」

「覚えてるよ。でも監督は植村先輩だもん、口出ししても聞いてくれないんだよ。今回の脚本はガーリーだから、わたしは英梨に監督してほしかったんだけど」

「私かてしたかった！　植村先輩、大学に何年おるつもりやろ」

高校時代に監督の経験を持つ英梨が言う。植村先輩はたぶん、大学六年目か七年目くらいのはずだ。ずっと映研に居座って強権をふるっている。

「ＡＦＦ《アピールフィルムフェスティバル》に入選するまでじゃない？　そのルートでプロになろうなんていう博打より、映像系の会社に入って下積みをするほうが早いと思うけど。むしろ最初から芸術系の大学に行けばいいのに。計画性がないんだよ」

亜弓は辛辣《しんらつ》だ。亜弓本人はマスコミ志望だけど、俳優にこだわるわけではなく、箔をつけるために主役を張りたいのだと言っていた。

「つまり元凶は植村先輩ってことやね」

英梨が応じ、そこから植村先輩への不満が話題の中心となった。悪口大会になったのは同じだけど、上の人間に対するものなら罪悪感が少ない。


翌日の朝食は、ＢＢＱをした鉄板でパンと卵を焼いた。澄んだ空気のなかで飲むコーヒーは最高だ。

でも眺めているのは木々の緑じゃなく、スマホだ。次の脚本のネタにならないかと、ニュースやYouTubeなどを見る。化石が見つかった話、小学校での水泳教室、近々起こる天体現象、雑学を仕入れるのは好きだ。爪を程よく伸ばした指の下、スワイプして情報を探る。

ちっ、と隣にいる亜弓から舌打ちが聞こえた。彼女が睨む方向へと目を向ける。

「千鶴ちゃん、よく眠れた？　ひとりで怖くなかった？」

「ありがとう、入間先輩。全然だいじょうぶー」

「俺らがガードを固めてたから当然だ。な、中川《なかがわ》」

千鶴のそばに、入間くんと植村先輩が陣取っていた。部長で助監督を務める三年生の中川匠《たくみ》先輩も近くにいて、少し離れたところからもうひとりの男子、富永海斗《とみながかいと》がそのようすを眺めている。彼は千鶴たちと同じ一年生だ。

もう少し森を撮りたいと、植村先輩と千鶴が盛り上がっていた。では、とばかりに入間くんが取りだしたカメラを奪って、そのままふたりで走っていく。千鶴の黄色いパーカーが、木々の緑の間からちらちら覗いていた。

「ちょっとー、後片づけ、逃げないでよー」

亜弓が大声で呼んだが、ふたりには聞こえないのか、楽しそうな笑い声が響いてきた。

「まあまあ。あとは調理道具を洗ってテントを畳むぐらいだから」

中川部長がなだめてくる。部長なんだから注意してほしいけど、植村先輩は小学校のころからの先輩だそうで、なかなかしてくれない。

「じゃあ、あたしたちは自分の使ったものをしまいます。スケジュール表でお知らせしたように、ここは有料キャンプ場だから、チェックアウトの時間が決まってますよ。十時です。急いでくださいね」

亜弓がそう言って、軽くなったクーラーボックスを運んでいった。わたしたちもそれぞれ食器やゴミを片づけ、キャビンを綺麗にして荷物を車へと持っていく。撮影のために奥まったところのスペースを借りたので、管理センターそばの駐車場までは少し距離がある。

撮影用の機材は、中川部長が両親の営む工務店から借りた軽ワゴンで運んでいた。そのまま大学の部室に持っていく段取りだ。

駐車場につくと、軽ワゴンのそばに立つ中川部長が、スマホで話しているのが見えた。電話を終えて、こちらを拝んでくる。

「みんな悪い。オレ、先に出ないといけなくなった。親から急に、車が必要になったって言われてさ。今、車に載ってる荷物は運んでいくけど、残りはお願いしたい」

富永が、ただうなずく。彼は無口で周囲に従うことが多く、なにを考えているのかいまいちよくわからない。

「わかりました。でも先輩の車に乗ってきた植村先輩がまだ――」

入間くんがそう言ったと同時に、カメラを手にした植村先輩が姿を見せた。

「お待たせ。どしたの、みんな微妙な表情して」

「すみません。オレ、先に帰らなきゃならなくなって。オレらが使ってたテントは片づけました。植村先輩の着替えはこれです。もう出ますので」

中川部長が植村先輩に、よれよれのトートバッグを差しだす。

「オケオケ。じゃあ俺も撤収。乗ればいいのね」

「え？　あ……、はい」

ふたりの車はすぐに駐車場から出ていった。つまり植村先輩はなんの片づけもせずに行ってしまったのだ。呆気に取られているわたしたちのもとに、植村先輩からグループＬＩＮＥが届いた。

「荷物、部室に入れとく。バイトがあるからそのまま帰る」と。

「自由だなあ。自分も午後からバイト、入ってるんだけど」

入間くんがぼそりとつぶやく。

「で、植村先輩と一緒にいた千鶴はどこなん？」

英梨があたりを見回す。一緒にきてなかったのだ。

テントを張っていたところまで戻ってみると、千鶴がひとり、自分の使っていたテントと格闘していた。

「手伝ってくださいー。うまく畳めないー」

入間くんが駆け寄る。富永が困ったようにわたしたちを見たあとで、ふたりのところに向かった。


亜弓が呆れ顔で、ため息をついた。

千鶴の片づけも終わり、再び駐車場へと向かった。わたしたち二年生女子は、三人のうち唯一の自宅生の亜弓が父親から借りたセダンタイプの車で来ていて、残りの入間くん、富永、千鶴、莉子が部費で借りたレンタカーに乗り合わせていた。費用の関係でコンパクトカーしか借りられず、来るときは軽ワゴンに載せられていた荷物の一部が残されているので、四人乗れるかどうかギリギリのようすだ。

千鶴はテントを返すために、レンタルショップに行くという。誰か代わりに行ってほしいとばかりに視線を送ってきたが、ほかのみんなは隙間なく荷物を積むために取り込み中で、手伝うどころじゃない。

管理センターでチェックアウトの手続きを済ませてもまだ、千鶴は駐車場に戻ってこなかった。出発予定だった十時は過ぎている。午後からバイトが入っていると言っていた入間くんが、なんどか時間をたしかめていた。バイトの場所は聞いていないが、キャンプ場から大学までは高速道含めて二時間強といったところだ。実はわたしもバイトがあるので、内心焦っている。

「あたしたちが待つから、レンタカー組は先に帰りなよ」

亜弓の提案に、入間くんがほっとした表情を見せた。わたしは、先に帰りたいという言葉を飲み込むしかない。

「こっちの車は四人乗れるし、莉子もレンタカーで帰ってええよ」

英梨が続ける。たしかに乗車人数を考えると、セダンに四人乗ったほうがいい。

莉子がレンタカーに乗りこみ、駐車場を出ていった。彼らの車が見えなくなってから、亜弓が言う。

「さ、帰ろうか」

「そうだね、レンタルショップを見てくるよ」

管理センターとレンタルショップは背中合わせの位置にあり、入り口は反対側だ。歩きだしたわたしの腕を、亜弓がつかんできた。

「いい。帰ろう。千鶴は置いていく。いい薬だよ」

驚くわたしに、英梨がうなずく。ふたりの間ではすでに話がついていたようだ。

「そんなことしたら、千鶴が帰れなくなるよ」

「帰れるよ。千鶴の鞄はレンタカーに積んだけど、あの子、ポシェットを斜めがけしてたでしょ。お財布はそっちに入れてるって。少し先にバス停があるから、それで帰れるよ。でもあの子のことだから、愛想よくその辺《こ》の男に声かけて、帰りの手段を調達するんじゃない？」

「これだけ時間が経っても来んってことは、今も誰かと話し込んでるんちゃう？　いつものことやん」

亜弓の言葉に英梨が続ける。

「でも、わたしたちが置いてったこと、すぐバレるよ。LINEにがんがん文句が入るんじゃない？」

そう言うと、亜弓が悪そうな笑顔でスマホの画面を見せてきた。千鶴のインスタが表示されている。畳んだテントとともに、泣きまねをする自撮り写真が載っていた。

「スマホの電池がないからこのあと更新できませんって書いてある。これが二十分ほどまえ。バッテリー持っていないか訊かれたけど、ないって断った。レンタカー組を帰すまえに千鶴に電話をしてみたら、もう完全に切れたんだろうね、通じなかった。だから言い訳は立つよ。捜したけれど落ちあえなかったって」

「充電ができてないんだったらよけいに――」

「レンタルショップなり管理センターなりで電源借りるんちゃう？　子供やないし」

英梨がそう言い、わたしは押し込まれるように車に乗せられた。わたしもバイトの時間が迫っていて、大学には向かわず、途中にある駅で降ろしてもらった。


千鶴との連絡がつかなくなったのはそこからだ。

スマホの電源が切れたままなのか、電話をかけてもつながらず、LINEをしても既読にならない。怒って無視しているのか、トラブルにでも巻きこまれているのか、まるでわからない。翌日、住んでいるアパートを訪ねたけれど留守だった。

実家に連絡してはどうか、学生課に訊いたら教えてくれるかもしれないとみんなで話していたところで、遺体が見つかったのだ。

警察がわたしのアパートにやってきたのは、それから四日後だ。

「すると、テントを返しにいく馬場さんと別れたのが最後ということですね。なぜ彼女を置いたまま、キャンプ場を出たのですか」

黒いスーツを着た男が訊いてくる。死神かのように暗い顔色をして、暗い声だ。

「捜したけど見つけられなくて、電話をかけても出なかったんです。スケジュール表も渡しているし、わたしたちにもバイトなどの予定があって、仕方がないから『先に帰るよ』とＬＩＮＥをしたんです」

「どういう返信がありましたか?」

「ありませんでした。でも千鶴……馬場さんは、ＬＩＮＥの返事をしないことがよくあるんです。ロック画面に出る通知だけ見て、既読をつけないようにしたりも。反論があれば返事をするから、しないのは了解ってことですよといつも言ってました。だから今回も、了解したということなのかと」

わたしは震える気持ちを抑え、亜弓や英梨と打ち合わせたとおりに答えた。

実際、ＬＩＮＥも電話もしている。あとから責められたくなくて、バッテリーが切れていることを承知の上で送ったのだ。内容も、心配している、どこにいるの、返事がないけれどこれ以上は待てないよ、といったものだ。皮肉も当てこすりもしていない。

死因が溺死だったという情報はすでに得ていた。千鶴の両親と直接会った中川部長から聞いたのだ。部長にもかかわらず先に帰ってしまったことを、ずいぶん責められたという。

一方で、解剖結果などの詳しい話も教えてもらえたそうだ。

発見時で、死後二日。死んだのは、わたしたちと別れてからそう経っていないころになる。擦過傷はあったがすべて死後のもので、誰かに襲われたような痕も、トラブルの声を聞いたという情報もないという。

管理センターやキャンプ場の入り口には防犯カメラがあったが、千鶴の姿は映っていなかった。レンタルショップでスタッフと話し込んでいるようすはあったものの、店を出て以降の姿はなかった。遺体が見つかった川やそばの道に、防犯カメラはないという。

その川に架かる橋……わたしたちがラフティングのようすを眺めていた橋のたもとの茂みに、千鶴の帽子が落ちていたという。その土手には潰れた草があり、その二点から、帽子が風にでも飛ばされて、取ろうとしたところを土手から滑り落ちて渓流に飲みこまれたのではないか、と警察から説明されたという。

千鶴は泳げなかった。つまりそれって、ただの事故ということじゃないだろうか。

わたしたちに、責任はないはず。

「わかりました。ではまた、なにか伺いたいことがでてきたらご連絡します」

黒いスーツの男が重たい声で言う。わたしも頭を下げた。

その後、黒いスーツの男は現れなかった。なぜ千鶴が川の近くに行ったのかは不明なものの、事故だと地元警察が認定したというニュースが、しばらくしてからキャンプ場のある地域の新聞サイトに載った。短い記事だった。

撮っていた映画をどうするか、映研で議論になった。

十一月頭にある学祭で上映会を行い、反応を見てから再編集をしてAFFに出す、当初はそんな予定だった。

わたしをはじめ、一、二年生は話し始めるとつい泣いてしまって、つらいから今回の話はやめよう、少し休んで来年に改めて新作をという意見だった。だが植村先輩が、千鶴の出演する重要なシーンは撮り終えている、残りは脚本を修正すればいいと主張した。千鶴のためにも、形に残すべきではないかと。結局はその訴えが主流となり、わたしは急いで脚本を書きなおした。撮了となったあとは監督たる植村先輩を中心に、編集作業に入った。ラッシュ――仮編集が終わったのが夏休みの終わりで、ここから色調整や整音、効果音をつける本編集を行う。

そんなこんなでバタバタしていたせいか、その噂に気づいたのは、後期がはじまって少ししてからだった。

撮影に出かけたキャンプ場でトラブルがあり、怒った先輩女子たちが千鶴を置きざりにしてしまった、と。

「学内だけの噂じゃないよ、SNSも！　最初の書き込みを探ってるとこだけど、まだつきとめられてない！」

亜弓が、スマホを手に叫んだ。

「オレも最初を探して大学名で検索をかけたけど、千鶴が死んだ直後じゃないね。ニュースには、大学名が出なかったしな。野次馬が千鶴のインスタを晒して大学を特定させたあと、夏休みが終わるか終わらないかぐらいにSNS上で噂が出たみたいだ」

中川部長は冷静に答える。

部室に、莉子を除く部員が集まっていた。作業用のゲーミングチェアやパイプ椅子など、みな、適当な椅子に座っている。莉子は映研を辞めた。千鶴の死にショックを受けたという理由だという。そこまで仲が良かったようには思えなかったけれど。

「もしかして莉子ちゃんが辞めたの、その噂を本気にしたのかな」

入間くんがぼそりと言い、富永があいまいな表情でうなずく。

「かもしれんけど、逆に莉子が噂をまいたんかも。内容、詳しいやん」

英梨が口を尖らせている。

SNSには、ほかの女子はキャビンに泊まったが千鶴はひとりでテントに泊まった、容姿のかわいさを嫉妬されていた千鶴が片づけをせずに遊んでいて怒られた、とまで書かれていたのだ。

「かもね。嫉妬なんてのは想像で書ける。でもどこに泊まったかは、あの場にいた人しかわからない。千鶴はテントの写真をインスタに上げていたけど、あたしたちがキャビンに泊まったとは書いていなかった。映研の宣伝用アカウントでも、みんなの個人のアカウントでも書いてないよね」

亜弓の分析に、わたしは疑問を投げる。

「あのおとなしい莉子がそんなこと書くかな。キャビンに泊まったことを誰かにしゃべったのなら、部外者でも書けるんじゃない？　みんなはしゃべった？」

男子たちが一斉に首を横に振る。英梨が少し考えてから首を横に振った。わたしも同じ動作をする。

「あたしもしゃべってない。じゃ、そこも含めて莉子を問い詰める」

亜弓が、代表するかのように告げた。

「片づけをせずに遊んでいた、の部分は想像？　それとも見た人が書いたと思う？」

中川部長が訊ねてくる。

「千鶴の性格を知ってる人なら、推測できる気もする。嘘でも書けることだし」

亜弓の言葉に、わたしも英梨もうなずいた。入間くんが顔を引きつらせながら言う。

「つまり女子みんな、千鶴ちゃんをよく思ってなかったわけだよね。噂は事実なの？」

「置きざりにしたって？　バカ言わないで。電話もＬＩＮＥもなんどもしたんだよ」

顔色ひとつ変えず、亜弓が真っ先に答えた。わたしと英梨は続けてうなずく。表情が強張っていないか、鏡でたしかめたかった。

「時間になっても来んかったんは千鶴や。捜したことは捜したけど、あんな広いキャンプ場、端から端まで捜してもすれ違うわ。電話に出んのやから、どうしようもないやろ。せめてと思ってバスの場所と時刻表を調べてＬＩＮＥしたんよ。あの子、学校で撮影場所を探してたとき知らん間《ま》に帰ったやん。以前から好き勝手行動する子やろ」

英梨も言う。わたしは、うんとしか答えられない。入間くんがまた口をはさむ。

「でもインスタによるとスマホの電池が――」

「それ、あとで知ったんやもん」

「オレらも先に帰ったし、そこは責められないな。じゃあこの噂、映研のＳＮＳで否定しておく。スルーするなって非難も来てるから」

中川部長の言葉に、莉子に確認してからと、亜弓がストップをかける。

そうして中川部長と亜弓で莉子に訊ねたところ、そんなことはしない、キャビンの話もしていないと、強く否定されたそうだ。亜弓は莉子をかなり責めたようで、泣かれてしまったみたいだ。中川部長は、莉子はやっていないだろうと言う。その観察眼を信じるしかない。

中川部長が文章を考え、映研の宣伝用に使っているＳＮＳに「先日、部員のひとりが事故で他界しました。心より冥福を祈っております。なお一部のＳＮＳで、他の部員による心無い行為があったという書き込みを見つけましたが、まったくの事実無根です。その部員ばかりか故人をも貶める行為ですので、お控えいただければ幸いです」と載せた。

なにか反応があるかもしれないが、それにレスポンスすることでさらに注目が集まってしまうことも考えられるので、この公式発表だけをして返事はしない。噂が終息するのを待つ。

そういうことにした。

けれど非難は収まらなかった。全員でキャンプ場を捜しまわったのか、警察にはいつ連絡をしていつ山狩りが行われたのかなど、こちらの行動の不備を突いてくる。

一件ずつ返事をしたほうがいいのか、それともスルーを続けたほうがいいのか。わたしたちには正解がわからない。

「放置しておこう。ネットの話題なんてすぐに変わるよ。半月もすれば消えるって」

中川部長が断言する。再びみんなで集まった部室には、富永の姿がなかった。バイトだと連絡があったけれど、本当だろうか。

「ほんまに消えるん？　ってか最初に反応したんがあかんかったんちゃう？」

英梨が心配顔になった。

「済んだ話を蒸し返しても仕方がないよ。たしかにオレの書いた公式発表に対して、いくつかの反論があった。でもその反論に返事をすると、さらに反論されるかもしれない。なら、放置のほうがいいだろ？」

たしかにそうだし、最初に決めてもいた。反論してもいたちごっこになるだけだ。

「もっと真摯に謝るっていうのはどうかな。置きざりにするつもりはなかったけれど結果的にそうなってしまったんです、ごめんなさい、って。土下座するような絵をつけて」

入間くんの言葉に、亜弓が目を剝いた。

「それ、あたしたちに土下座しろって言ってるの？」

「……い、いやそうじゃないけど」

「エスカレートしてネットで顔晒されるのも困るしなー、うまく火消ししないと」

植村先輩が、軽い調子で言った。

亜弓と英梨の顔色が変わった。わたしも同じような表情をしているだろう。

「噂をまいたの、入間くんじゃないの？　千鶴のこと、かなり気に入ってたもんね。それは植村先輩も同じだけど」

「妬くなよ、亜弓ちゃん。俺は素材として気に入ってただけだよ」

あしらう植村先輩とは違って、入間くんは顔を真っ赤にして亜弓を睨んでいた。

あの、とわたしは手を上げる。

「噂をまける人間、ほかにもいるんじゃない？　千鶴の死が、事故じゃなくて事件だったなら、だけど」

「どういうこと？」

亜弓が眉尻を上げた。

「SNSのなかに、本当にただの事故なのかって疑問を投げてる投稿があったの見た？　実は誰かに襲われたんじゃないか、逃げる途中で川に落ちたのかも、って内容の」

「見た見た。ただ親御さんからは、そういう痕みたいなもの、なかったって聞いたよ」

中川部長が口をはさんでくる。

「だから途中で、ですよ。ソロキャン女子を狙ってキャンプ場に来る男もいますよね。千鶴、インスタに『ソロキャンー』って写真つきで上げてたし、かわいいから目をつけられたんじゃないかな。ソロキャンではなかったわけだけど、犯人は、みんなとはぐれた千鶴を見て、チャンス到来とばかりに声をかけた。車で送るよとでも言って。千鶴は訝《いぶか》しんで逃げたものの、途中で川に落ちた」

「ほかの女子がキャビンに泊まってた話と、片づけの話もあったよね。それは？」

入間くんが訊ねてくる。

「そういうのも、あのときキャンプ場にいた人ならわかるよ。わたしたち、撮影をしていたから目立ってたと思う。千鶴と植村先輩が食事の片づけをせずに行っちゃったこと、亜弓が怒鳴ってたじゃない」

「でもなんで、その男が噂をまくん？　なんの得があるん？」

英梨が首をひねっている。

「自分は知ってるんだぞー、なんて気持ちかな。その男は千鶴を仕留めそこなって不満が残ってる。腹立ちまぎれに周囲の人間をくさそうというか。一種の自己顕示欲みたいな」

「筋違いのやっかみもあるかもな。ソロキャン女子を狙うような男に、それほど友達がいるとも思えない。そういうヤツからすれば、オレたちが楽しそうに騒いでる姿は、さぞムカつくだろう。あいつらの裏の姿はこうだ、貶めてやれって考えで」

中川部長が納得したように言う。裏の姿という言葉のチョイスにはひっかかるけど、わたしの考えよりもまとまっている。

「事故じゃなく、そんな犯罪者もどきが千鶴ちゃんを死なせたのなら許せない」

入間くんは不貞腐れたような顔のまま、ぼそりと言った。

「調べてみない？　このまま千鶴の死の責任を押しつけられたくないし」

わたしは宣言し、全員にぐるりと目を向けた。

「……だけど僕らになにができるの。無理でしょ」

許せないと言ったばかりなのに、入間くんは後ろ向きだ。中川部長も渋い表情をしている。なぜ、と訊こうとして思い当たった。攻撃の対象になっているのは女子の先輩、わたしたち三人だけなのだ。半月もすれば噂が消えると思える彼らにとっては、他人事《ひとごと》だ。

「わかった。じゃあわたしが、できることからやってみる。亜弓、英梨、手伝ってくれるよね」

「あ……、うん、まあ」

亜弓がうなずき、英梨が亜弓を見てから続いた。

遠方にある千鶴の実家まで行って、警察からの説明を直接訊く。それが一番いいけれど、無理だという結論に達した。

だってわたしたちは、本当に千鶴の死に責任があるのだ。

千鶴はいなくなったまま、なんど電話をしても出ず、次の予定があってどうしても待てなかった。そこまでは言い訳も立ちそうだけど、見つからなかった段階でキャンプ場のスタッフに知らせなかったというのは、ただの判断ミスでは済ませてもらえないだろう。

「千鶴の身内が例の噂をまいたんかもしれんね。おるかおらんかわからんソロキャン女子狙いの男より、よっぽどありえるやん」

英梨が言った。亜弓は首をひねっている。

「いきなりSNSに訴えるって、ふつうやるかな。相手に直接アクションを起こしたけど反応がなかったからネットで暴露、ってのが一般的なルートじゃない？　大学あてにも映研あてにも、その後、遺族からの連絡はないよね」

中川部長が千鶴の両親に会ったとき、葬儀に参列させてくれるよう頼んだそうだ。けれど家族葬にするからと断られた。そろそろ二ヵ月が経つが、訴えるという話もきていない。

「それにキャビンの件は？　千鶴は当日になってからひとりでテントに泊まることになったよね。離れて暮らす家族なんだから、インスタでテントのことは知れても、残りの女子がキャビンにいたのかテントなのかはわからないよ」

そう言うと、英梨はしばらく考え込んでから反論した。

「警察が話したんちゃう?」

「そんなことまで言わないでしょ」

「どうやろ」

「じゃあ警察に訊こう。どちらにしても、あの日なにがあったのか調べるなら、必要だよ」

わたしは提案した。亜弓と英梨が不安そうに顔を見合わせている。

早速スマホを取りだして、あの黒いスーツの刑事に電話をした。名刺をもらっていたのだ。

「千鶴……馬場さんの遺体が見つかったところに花を手向けたいんです。詳しい場所を教えていただけないでしょうか」

表向きの用件だ。スピーカーモードにしたスマホを、亜弓も英梨もじっと見つめている。

「それはかまいませんが、川の中洲ですからね。一般の方がそこに行くのは無理ですよ」

相変わらずの暗い声で返事があった。こころもち早口だ。二ヵ月も経っているから、めんどうだと思われているのかもしれない。

「じゃあ、馬場さんが川に落ちたと思われる場所なら、どうですか」

「橋のたもとですのでそれはだいじょうぶでしょう。ただ、危ないので川には降りず、道の脇に置くことをお勧めします」

「あの……、馬場さんは土手から滑り落ちたって聞いたんですが、それは本当なんですか?」

「どういう意味でしょう」

「誰かと争っていたとか」

「その痕跡はなかったですね。ほかになにかご用件はありますか」

「……ええっと」

「そうですか、それでは失礼いたします」

「ま、待って。本当に事故なんですか？　誰かが……、ほらあの、彼女、かわいいから」

わたしがそう質問すると、亜弓と英梨が、右と左の両方から腕をつかんできた。無言のまま首を横に振っている。

「怪しい人物を目撃したのですか？」

「……いえ、見てはいませんが」

「ほかからも、そんな話は出ていません。ではこちらからもひとつ、いいですか。なぜ急に、事故じゃなかったのではないかと言いだされたのでしょう」

なぜ、と問われてすぐに返事ができない。

「ネ……、ネットで見たんです、本当に事故なのかって。それに、世間にはソロキャンの女の子を狙っている男がいるし、馬場さんは夜にひとりでいたから目をつけられてたんじゃないかと」

「なるほど。でもみなさんもそれぞれテントに泊まられていたんでしょう。なぜ彼女だけ」

「いいえ、わたしたちはキャビン……小屋です」

別行動の話はしていなかったっけ。重要視していないんだろうか。だったら、千鶴の両親にも話していないかもしれない。

「ですが隣のテントにグループのみなさんがいらしたのでは。ああ、それは男性の方でしたか。

どちらにしても我々警察は、たとえ事故に見えていたとしても、キャンプ場の利用者をすべて調べていますよ。その結果、不審な人物には行き当たりませんでした」

「……そうですか。調べてるんですね」

「もちろんです」

それでは、と電話が切られた。

緊張から解放されて、魂が抜けそうなほど長いため息が出た。

「はああ、って言いたいのはこっちだよ。そんな直球の質問を投げないでよ。あたしたちが怪しまれるじゃん」

亜弓が睨んでくる。

「ごめん、でもわたしたちにはアリバイがあるんだし」

「あってもやわ。置きざりにしたんを追及されたら困るやろ」

英梨にも叱られてしまった。

警察が調べたうえで、事故という結論になったことはわかった。ただ、わたしたちほかの女子がキャビンに泊まっていたことを確認していないのか覚えていないのか、そのあたりはずいぶんいいかげんだ。

捜査は、しっかり行われたんだろうか。

数日後、わたしたちは講義の調整をつけて、亜弓に車を出してもらってキャンプ場に出向いた。

平日だが少ないながらも客はいて、管理センターも開いていた。三十代ほどの、髭《はは》を生やした男性が受付にいる。わたしたちが名乗ると、お悔やみを言われた。関係者——遺族側だと思われているようだ。

「あの日の利用者名簿を見せていただけますか。代表者の名前と住所、メールアドレス、電話番号、同行者は名前と代表者との関係を提出する決まりでしたよね」

わたしは男性に依頼する。

「すみませんが、個人情報なのでお見せすることはできないんですよ」

男性が、困ったように顔をゆがめている。

「もちろんわかっています。だけど警察には見せてますよね。……友人のことで、気になっているんです。ネットに載せるとか誰かに売るとか、そんなことは絶対にしません」

「それでもだめなんです」

男性が頭を下げてくる。亜弓が笑顔を作っていた。

「当日ここにいらっしゃったの、あなたでしたよね。なにか怪しげな動きをしていた人はいませんでしたか？」

「チェックアウトの手続きでバタバタしてたから、覚えてないですね。それは警察にも答えました。だいいち、事故だったんでしょう？」

「警察は、事故のほうが楽だって思ってるだけかもしれませんから」

亜弓がそう言うと、男性は同情の目で見てきた。友人を亡くしたかわいそうな女の子たちが納得していない。そう憐《あわ》れまれているのだろうか。だったら利用しよう。わたしは改めて、利用者名簿を見せてほしいと頼んだ。しかし断られる。

「じゃあ、せめてキャンプ場に入れてください。場内から川までの道を、もう一度たしかめたいんです」

「いいですよ。でも徒歩なら外から入ることは可能です。川沿いの道は公道ですから」

「どういうことなん？」

英梨が訊く。

「キャンプ場エリアに車を乗りいれることができるのは、出入り口にあるゲートからだけですが、徒歩であれば川に並行する道路から入れるんです。短時間なら、道路脇に駐車してもだいじょうぶですよ」

そういえばキャンプ初日に通ったとき、川から戻る道の途中に木戸のようなものがあった。あそこがキャンプ場との境目だったのか。

「それ、徒歩ならキャンプ場に入り放題ということですか？」

わたしは問う。

「夜は門に鍵を閉めています。それにテントには、受付の際に渡した札をかけてもらってましたよね。札がかかってるかどうか見回ってますから、利用できませんよ」

それは、キャンプ場を宿泊地として無断で使うことはできない、というだけだ。記録に残らない形で侵入して、どこかに潜むことは可能なのでは。

「警察にはそれ伝えてるんですか？」

「わざわざは言わなかったかもしれません。でも見ればすぐわかりますよ」

警察、ちゃんと調べたかな、などと言いながら、わたしたちはキャンプ場の外周を車で回ってみた。

キャンプ場は森の一部で、道と接しているのは川に沿った短い部分だ。その道とキャンプ場との境は、土手の法面《のりめん》になっている。よじ登れば入れなくもないだろう。そして川への小道は、門があることが逆に、内側になにかがあることを示していた。改めて眺めてみると、木戸というか西部劇に出てくるようなスウィングドアというか、ずいぶん簡易なものだった。そばに防犯カメラはあったが、コードはない。電池や充電式かもしれないが、ダミーの可能性もある。川やそばの道には防犯カメラがないという話だったたし。

「キャンプ場て、意外と怖いとこなんやな。……結局、山やし」

英梨が不安そうに言う。

「たいていのところはちゃんとしてるよ。あたしたちみたいにキャビンに泊まる分には、全然問題ないし。やっぱ千鶴は、自業自得だよ。わざわざ危険な行動をしたんだから」

「けど千鶴も安全のために、男子のそばにテントを張ったんだよね。その日の夜はなにもなかったんだし」

わたしは亜弓に反論する。

「だからって、ソロキャン来てますー、なんてリアルタイムでインスタに上げるのはだめすぎる。夜になる前のインスタにはほかの場所も映ってたから、どこのキャンプ場なのか特定されるよ。で、それに気づいたキャンプ場の利用者か外部からの侵入者が千鶴に声をかけて……。わー、考えたらあたしも怖くなってきたー」

亜弓は、自分の身体を抱いた。

そのあとわたしたちは、橋まで行ってみた。改めて見ると古びた橋だ。欄干が低く、ここから落ちた可能性もなくはない。たもとのあたりも、土手から川へ向けて斜めになっているうえに草だらけで、滑り落ちたというのも納得だった。

警察との電話と、現地で得てきた情報を、わたしたちはみんなに報告した。

「まじか」

男子たちが同じ言葉をつぶやく。入間くんが口を開いた。

「改めて警察に言ったらどうだろう。千鶴ちゃんがかわいそうだ」

「でも現実問題、それで警察って動くのかな。一応、捜査済みなんだよね。調べたうえで怪しい人間が出てこなかったわけだろ。それに二ヵ月経ってから再捜査をして、新たにそういう誰かが見つかるとは思えないよ」

中川部長が穏やかな声で諭してくる。

「そうなんだよねー。あたしたちもそう話してた。本当の本当はわからないままだけど、もう仕方ないいんじゃない、って」

亜弓が言う。

帰りの車のなかで、英梨も含めてさんざん話し合った。あの刑事の口調からして、千鶴の件は終わったということなのだろう。キャンプ場は、さまざまな人が訪れる。利用者名簿が手に入らないのではなにもできない。施設のスタッフも犯人の候補になりえるけど、警察がひととおり調べているはずだ。

「事件の可能性もあるのに、そのまま終えていいのかよ」

植村先輩は目を輝かせていた。おもしろがっているかのようだ。ちょっとムッとする。

「じゃあどうしろって言うんですか。打つ手なんてありませんよ」

「千鶴ちゃんの家族をけしかけるとか。遺族の訴えなら警察も動くんじゃね？」

「やめましょうよ。動かなかったら逆に傷つくじゃないですか」

動くのかもしれないけれど、千鶴の家族とは接触したくない。

「犯人いるかもー、調べるーって言ってたくせに、もう諦めちゃうわけ？」

からかうような植村先輩の口ぶりに、亜弓が苛立《いらだ》った声を投げる。

「実際に調べてきたのはあたしたちです！　先輩はなにも動かなかったじゃないですか。言う資格ないですよ」

「ごめんごめん。じゃあまあ、打つ手がないか考えてみるよ」

ぎすぎすした雰囲気のまま、なんとなく散会した。植村先輩と中川部長は音入れの編集作業をはじめる。わたしは次の脚本を書く予定だったけど、部室にいるのは息苦しいので、学内のフリースペースに移動した。ほかの部員は、それぞれ帰っていった。

あの日、キャンプ場で見ていた化石発見の記事を次の脚本に生かそうとネットで調べていたけれど、つい、SNSを眺めてしまう。

わたしたちを非難する声は、少なくなっていた。中川部長の言うとおり、公式発表以上の発言をしないことで下火になっていったのだろうか。

それとも見ている人が、冷静になったのかもしれない。わたしたちは有名人ではないし、根拠もなにもない噂話でいつまでも盛り上がるほど、暇な人ばかりじゃないはずだ。

数日経った朝のことだ。

目覚ましが鳴るまえに、スマホの着信音で起こされた。亜弓からの電話だ。

「起きて！　映研のSNS見て！」

電話をスピーカーモードにして、SNSのアプリを立ちあげる。ぼんやりしていた頭が、その発言を見たとたんにはっきりとした。

——八月×日、△△キャンプ場にいた方にお訊ねします。前夜から当日、不審な行動をしている人を見かけませんでしたか。黄色のパーカーにジーンズ、ロングヘアに白い帽子の、アイドルっぽいかんじの女の子がひとりのとき、十時から十一時ごろに声をかけた人を知りませんか。ご存じのことがあれば連絡ください。

「なにこれ。千鶴のことじゃない。これって誰が書き込んだの」

「中川部長を叩き起こして訊いた。びっくりしてた。部長じゃない。だから植村先輩しかいない」

「入間くんは？」

「パスワードを知らないはずだって。発言内容はみんなで相談だけど、運用は部長ひとりででしょ。でも以前、パスを植村先輩に教えたことがあるって。植村先輩が入間くんに教えたなら別だけど、入間くんが無断でやるとは思えない」

気づけば手が震えていた。植村先輩に対する怒りだ。

「そのうえ勝手にパスを変えちゃったから、本人じゃないと消せないの。中川部長に電話してもらってるんだけど、出ないみたい」

やっと投稿が消されたのは、午前が終わるころだ。

投稿は今朝の未明で、半日弱の間に何件も拡散がされ、引用返信も返信も寄せられた。

これって例の事故の話だよね。事故じゃなくて事件だったのか。——と、そんな返信ならまだましだ。誰かに襲われたのなら置きざりにした人の責任は重大だと、下火になっていた話が再び持ち出されたのだ。


「なにを考えているんですか！」

植村先輩に向けて、亜弓が罵倒の言葉を浴びせた。英梨もスマホを片手に睨んでいる。

「情報がほしいってだけだよ。打つ手を考えた結果だ」

「SNSでまともな情報が入るわけありませんよ。実際、ろくな反応がきてません」

わたしも口を出した。先輩が相手だからなるべく丁寧な物言いにしようと思うけれど、気持ちが抑えられない。

「ほんの半日ほどじゃ、見るべき人が見てないんじゃねえの。でも俺、知ってるんだよ。以前、迷い犬捜しの投稿が出てさ、それが拡散されて無事に飼い主のもとに戻ったケースがあったんだ。世の中、悪意のある人ばかりじゃないって」

「悪意とか善意とかじゃありません。やっと炎上が収まりかけてるのに、火を注いでどうするんですか。冷やかしや嘘じゃない情報が寄せられる保証なんてないんですよ。嘘か嘘じゃないか、どう判断するんですか」

「そりゃ、ひとつずつ確かめるんだよ。証拠が出てくれば警察も動くだろうし――」

「いいかげんにしてください、先輩。さすがに言わせてもらいます。みんなの言うように、こんな形で情報を集めようだなんて現実的じゃありません。先輩も、オレたちに相談したら反対されることがわかってたから、勝手にやったんですよね」

いつもは植村先輩のすることに文句をつけない中川部長が、詰め寄っている。

「まあな。それでも一縷の望みをかけたいわけよ。千鶴ちゃんを殺した男がいたなら、また同じことをするかもしれないだろ。次の殺人が起きちゃヤバいじゃん」

「殺人じゃないと思いますよ。過失致死かなにかじゃないですか？」

中川部長が冷静に、というより冷たく答える。

「どんな罪でもいいよ。世のため人のため、野放しにしておけないってことだよ」

植村先輩は開き直っている。

「投稿を消したことについて、文句言ってるアカウントもありますね。一度上げてすぐ消すってなんか怪しい、とか」

スマホを手に、入間くんが小さなため息をついた。

「おまえはどう思うんだよ、入間。こっちの四人はＳＮＳでの情報集めに反対だそうだけど、おまえと俺と、来ていない富永と莉子ちゃんが賛成に回れば、四票対四票だ」

「莉子は辞めたし、富永もほぼほぼ辞めるつもりなんじゃない？　四票あれば反対決定」

亜弓がつっこんだ。入間くんが答える。

「僕は……なんとかしたい気持ちはあるけど、ＳＮＳではよくないと思います。変に注目を集めるだけだと思う」

「うん。こんな変な投稿まであるよ。『アイドルっぽい女の子って、見てみたい。さぞかわいいんだろうな』やて。いや亡《の》うなっとるわ」

英梨がスマホの画面から目を離さずに言う。

「どこが変だよ。素直な反応だろ。注目だって浴びればいいじゃないか。学祭は来月だ。人が集まるじゃん。かわいかった千鶴ちゃんを見せてやろうよ」

植村先輩がとんでもないことを平然と言う。入間くんが呆れた目を向けた。わたしもだ。

「上映、本当にするつもりですか？　こんな騒ぎになっては、問題なんじゃないでしょうか」

「九条ー。脚本書いたのはおまえだろ。問題があるような内容じゃないだろ」

「内容の問題じゃなくて、入間くんの言うように変な注目を集めるだけで、まともに作品を見てもらえないと思うんです。このまま上映すると、大学からも注意を受けそうだし」

「受けそう？　注意なんてものは受けてから考えるんだ。学生が忖度《そんたく》してどうする」

「そこに関しては植村先輩に賛成ですが、オレも上映はどうかと思います。人の死をネタにしてるみたいで、なんか」

中川部長の言葉に、亜弓が、賛成！　と大声を出す。英梨の手も上がる。これで四票だ。

「いやいや待てよ。そんなのあるかよ。せっかく注目されてんだぞ。俺の努力を無駄にするなよ」

植村先輩が座っていたゲーミングチェアから腰を浮かせる。

「努力って？　たしかに編集は先輩中心でやってますけど、みんなそれぞれにがんばって――」

中川部長が、不味《まず》いものでも口にしたかのような表情で、突然、言葉を止めた。

わたしも思い当たった。まさか。

「未明に投稿したSNSの発言、目的は情報収集じゃなく、注目してもらうためですか？」

もしかしたら、そればかりじゃなく。

あのさー、と英梨がスマホの画面を掲げて見せてくる。

「さっきの、かわいいんだろうな、て言うてるアカウントの昔の発言を探ったら、最初の噂、私らが嫉妬したのなんのっていうのんが出てきた。それも、後期がはじまる直前の、噂が流れだしたころの古い日付や。噂の元は、この人と違うんかな」

「日付見せて」

わたしと亜弓が叫んだ。入間くん以外の全員がすでに立ち上がっている。

「ラッシュが終わった直後だ。……おおまかに上映できる形が整ったあたり。あとの調整作業は時間との戦いだから、つまり」

一緒に画面を覗き込んでいた中川部長が、絞り出すような声を、さらに詰まらせる。

「つまり、学祭に間にあう目途が立ったから、注目されるように仕向けたってこと？」

わたしの問いに、植村先輩が肩をすくめた。

「違うんじゃね？　ただの偶然だろ」

「あー、このアカウント新しい。キャンプとラッシュ完成の間に作られとるわ。で、問題の発言のまえは、カップラーメンうまい、暑くて二時間しか寝てない、牛丼うまい、ってしょーもない発言ばっかや」

英梨が口元を引きつらせながら報告する。わたしの声が震える。

「千鶴が死んだころから、計画を?」

「違うって!」

「植村先輩! スマホ! おい入間、左押さえろ!」

中川部長が植村先輩の右肩を押さえ、腕を取った。反対側を入間くんが抱きつくように押さえる。植村先輩が腰をひねり、足をばたつかせる。亜弓が植村先輩の前方に、わたしが後方に回った。ジーンズのヒップポケットからスマホを取りだす。

「顔認証です!」

そう言って、植村先輩の顔の前にスマホをかかげた。

ロックが解除されないよう、植村先輩は目をつむる。

「目を開けろ!」

中川部長の言葉に、植村先輩は皺を寄せて、いっそう固く目を閉じる。

「こじ開けちゃって! 手を押さえる役目、代わるから!」

亜弓がそう言って、両手で植村先輩の右手首をつかんだ。中川部長は植村先輩の右肩を押さえたまま、もう一方の手で額を髪の生え際へとぐいぐいひっぱっている。植村先輩は抵抗しているが、徐々に目が開いていく。

ホーム画面が開いた。

英梨とふたり、ＳＮＳのアプリを探して立ちあげる。

「ビンゴ！　さっきのアカウント、植村先輩や！」

くそっ、と植村先輩がわめいた。

「ひどいですよ、先輩。あなた、映研に、いや自分が監督した映画に注目を集めるために、九条たちの名誉を傷つけたんですよ？　わかってます？」

「俺は事実を書いただけだよ。中川だってホントは知ってるだろ、彼女らが千鶴ちゃんを置きざりにしたって」

「置きざりになんてしてません。なんども連絡入れましたよ」

亜弓が即座に言い返す。亜弓のなかではそういうことになっているのか、ためらいがまったくない。

「はいはい。でもさあ、中川。そのぐらいのことをしないと、一介の学生が作った映画に客は入らないよ。去年の学祭、ガラガラだったじゃん」

「炎上マーケティングですか。それで入る客なんてただの野次馬、映画ファンじゃないでしょ。そんな人たちに観てもらって嬉しいんですか？」

中川部長が反論する。

「大学のホールを満席にしたってのは、実績になるだろ。千鶴ちゃんの遺作なんだぜ。多くの人に観てもらいたいじゃん」

「内容が伴わない実績なんて張りぼてです」

「伴わない、かあ？　脚本にも責任はあるわなあ」

わたしが言い返したからか、いやみをぶつけられた。

「どんどん内容を変えられて、もはやわたしの脚本じゃないですよ。だいたい——」

中川部長が手を上げて、わたしを止める。

「植村先輩、こうなった以上は退部していただきます。あなたは部員の名誉を汚した。馬場千鶴の死をおもちゃにした。これ以上、一緒に活動することはできません」

「おおげさだなー。じゃあ学祭どうするつもり？　去年の映画も一昨年の映画も、俺の作品だよ。上映許可出さないよ」

「それでも結構です。オレたちで話しあって考えます。人にはけじめが必要です」

中川部長の言葉に、おー、という歓声と拍手が起きた。入間くんと亜弓が屈託なく手を叩き、英梨も同調している。

少し、複雑だった。

わたしたちは、けじめをつけていないから。


富永と莉子にも事の顚末《てんまつ》を伝えた。相談の結果、学祭では一切の上映をしないことになった。大学側には、千鶴の死を悼むという理由で辞退を伝えた。

映研のSNSで「部員のひとりが事故で他界した件にまつわる誹謗中傷は、とある別の人物がまいた嘘で、事実無根です」と投稿をしてはどうかという案も出たけれど、炎上騒ぎを楽しむ人たちに餌を与えるだけではないかという意見が出て、やらなかった。

だが、植村先輩の勝手な投稿がスクリーンショットに撮られて引用返信されたものがあり、それが再び拡散されてしまった。植村先輩が使ったアカウントではなく、また、先輩が新たに作ったにしては古いものだった。スクリーンショットに添えられた発言内容が、犯人がいるなら許せない、という正義感に駆られてのものだったため、親切心のつもりなのかさらに再発言する人たちが出てきて、収まる気配が見えない。

何名かのアカウントに、不審な行動どうこうという発言は誤りなので消してくださいとダイレクトメッセージを送ったものの、対応してくれた人は半数以下で、無視する人の発言からどんどんと枝分かれする。さらには置きざりにした人の責任について盛り上がる。——誰かを罪に問いたいという欲求は、無関係な人をこんなにもいい気持ちにさせるものなのか。

また半月ほど経てば、収束に向かってくれるだろうか。

そんな淡い期待を抱いていたわたしに、一本の電話がかかってきた。暗い声をした黒いスーツの男、担当の刑事だ。

「馬場さんが亡くなられた件ですが、なにか、トラブルや不審な人物にお心当たりがあるのですか？　ネット経由で捜していらっしゃるという話を伺ったのですが」

わたしは思わず叫びだしそうになった。

まさか、警察にまで届いているだなんて。

「い、いいえ、お心当たり……いえ心当たりはなくて」

なぜ、わたしあてに電話がかかってくるのだろう。わたしが問い合わせの電話をかけたから？　なにか怪しまれたのだろうか。

「では、みなさんになにか情報は寄せられましたか？」

「いえなにも。あの、どうしてお電話を。結局、事故ってことになったんです……よね」

頭が熱くなって、うまく言葉が出てこない。変なことを言っていないだろうか。

「はい。ですが新たな証拠が出てきたりご遺族の訴えがあれば、内容によっては、再捜査がないわけではありません。人が亡くなっているのですから」

「ご遺族の訴えが、あったんですか」

「それは申し上げられません。一般論としてお話ししたまでです」

「……そうですか」

「現時点では、情報はないということですね。もし今後ありましたら、ご連絡ください」

電話が切れたとき、なにかが髪から落ちてきた。

汗だ。気づけば水を被ったかのように、頭に大量の汗をかいていた。


翌朝、中川部長に同じ内容の電話がかかってきたと言われた。

「本当に犯人がいたのなら、再捜査は嬉しいことだけどね」

中川部長は満足そうにうなずく。

「再捜査、本当にしてるんでしょうか」

「それは言ってくれなかった。もしかしたらオレも疑われてるのかもね」

「え？　だってわたしたちみんな、アリバイが」

「うん。でも車で分散して帰っただろ。たとえばオレと植村先輩が悪いこと考えてて、嘘ついて先に帰ったふりをした、とかさ。警察だから、ありとあらゆる可能性を考えるんじゃない?」

そんな怖いことを言うわりには、中川部長はびくついていない。

「なんだよその顔。なにもしてないよ。それに途中でガソリン入れたから、第三者による証明もできるよ。それより自慢しなよ。事件かもしれないという、九条の推理が当たったのかも。さすが脚本担当」

「……でも、SNSの例の拡散がまだやまないから、気持ちが休まりません」

「ああ、……だよな。ホント植村先輩にも困ったものだよ。映研は辞めてもらったけど、ひとりで映画を作るって言ってる。スマホでも撮れるからって。で、誘われた。誘ってる時点でひとりじゃないじゃん。呆れるね」

中川部長が笑う。わたしに笑いが起きないのを見てか、申し訳なさそうに頭を下げた。

「ごめん、笑えないね。でもネットはネットだよ。映研のSNSは宣伝の手段にしかすぎないんだ。仮想空間とでも思って、切り離して考えようよ。絶対に下火になるし、それこそ千鶴を襲おうとした犯人が捕まりでもしたら、一気に消えるよ」

はい、とうなずきながらも、気持ちは醒めていた。

中川部長は当事者じゃないのだ。千鶴を置きざりにしたのは、そしてそれを責められているのは、わたしたちなのだ。

ふいにわかった。

やっぱり千鶴は、事故で死んだのだろう。

警察だからありとあらゆる可能性を考える——中川部長の言葉のとおり、誰かに襲われかかったかもしれないことも、管理センターに記録を残さずキャンプ場に入れる人間がいるかもしれないことも警察は考えていて、それらの可能性を潰していったのだろう。そのうえで出てきた答えなのだ。

わたしが、事故じゃなくて事件だったならと言ったのは、自分たちの責任だと思いたくなかったからだ。自分たちが千鶴を置きざりにしなければ、置いていこうと言った亜弓をわたしが止めていれば、問題は起きなかった。

事故だと認めれば、悪い人はわたしたちだけになってしまう。

だから誰かのせいにしたかった。

犯人を見つけたかった。自分の気持ちを救うために。

亜弓と英梨に、LINEでメッセージを送った。

けじめをつけるべきだと思う。謝りに行く、と。

大学の敷地を出る直前に、亜弓から電話がかかってきた。

「けじめってなに？　謝るって誰に？」

「千鶴の家族にだよ」

「どういうこと？」

「置きざりにしたじゃない。もしかして、亜弓のなかではなかったことになってる？」

返事が戻るまでに間があった。

「なかったことにはしてないよ。でも、美登里ひとりで謝るつもりなの？」

「……そう、だよね。謝るなら三人でだね」

けじめをつけようと決めたとたんに気持ちがすっきりして、先走ってしまった。

「そうだよ。あたしたちにも影響が及ぶこと、忘れないでほしい」

「ごめん。英梨にも相談しないといけないね。……わたしたち、正直に言おうよ。警察が再捜査をするかもしれない。そしたら、わたしたちがわざと置きざりにしたことがバレるかも。千鶴を捜す素振りを、たとえばレンタルショップを訪ねるといったことを、しなかったとわかってしまうでしょ。ビクビクしながら過ごすより、謝ったほうがいいと思う」

再び、沈黙があった。

「バレないほうに賭ける気持ちはないの？」

「賭けてたよ、今まで。だけどもう限界だよ。中川部長にはネットは仮想空間だと思えって言われたけど、やっぱり気になるし。それに、本当は仮想空間じゃないよ。いつ、わたしたちの顔が晒されるかわからないじゃない」

「そうか……そうだよね」

亜弓の沈んだ声が戻る。

「今から行くの？」

「うん。夕方までには着くし」

千鶴の実家は、電車で四、五時間ほどの距離だ。

「一緒に行くよ。英梨も誘う。でもそのまえに、まずは千鶴に謝ろうよ。車を出すから」

そうやってわたしたちは、キャンプ場に向かった。二度目に来てからさほど経っていないのに、山の秋は早く進行するようだ。車のパネルに表示された外気温の数字が一気に下がる。

亜弓が、川のそばの道に車を停めた。外に出る。やはり少し肌寒い。ジャンパーを羽織ってきて正解だ。

誰かが供えたのか、橋のたもとに花束があった。枯れかけている。

新たな花を、そのそばに置いた。キバナコスモスにキンギョソウとカンナ、千鶴が最後に着ていた服の色にちなんだ。華やかな黄色が目に痛い。

この橋から、ラフティングボートを眺めたっけ。あのときは楽しかったなと思いだす。今となっては、千鶴のわがままさえも懐かしい。

「滑り落ちたのはここらしいけど、よく考えたら、千鶴が打ち上げられていたのは、川の中洲だって話じゃない？」

亜弓が首をひねっている。

「川に投げたらええんちゃう？　橋の真ん中から投げたら、辿りつくかもしれんよ」

英梨がそう言い、さっき置いた花束を拾いあげる。三人で橋の中央まで進み、花束をわたしに渡してくる。

「じゃあ代表して」

いざ、と花束を投げたとたん、身体が宙に浮いた。

落ちる、と思ってとっさに身をひねり、右手を橋の欄干に伸ばす。ギリギリで柵をつかむことができた。足が頼りなく空中でぶらついている。なにが起きたのかわからない。さっき、腰のあたりを両側から持たれて……

顔を上げた。

「運動神経、そんなによかったんだ。泳げないって言ってたから、体育まわりのこと、全然だめかと思ってた」

亜弓が、わたしを見下ろしていた。英梨も冷ややかな目をわたしに向けている。

「……どうして」

「謝りに行くんでしょ、千鶴に」

それって、わたしを殺すつもり？　どういうこと？　……まさか。

「もしかして、千鶴も」

英梨が苦笑した。

「あほ言わんといて。一緒に帰ってきたやん。……違《ちゃ》うか。美登里は途中で私らの車を降りたなあ。電車に乗る言うて、バスでここまで戻ったんかもな」

「なに言ってるの。ねえちょっと、引っぱって」

わたしは左手を懸命に伸ばして、欄干の土台のコンクリートのところになんとか指先をかけた。じりじりと這い上がろうとしたが、そこまでだ。いくら力を籠めても、腕だけではもう身体が持ちあがらない。

そんなわたしのあがきを、ふたりはおもしろそうに眺めている。

「美登里は自殺するんでしょ、千鶴の死の責任を取って。置きざりにしたのは美登里。あの日、あたしたちに嘘をついて、千鶴は先に帰ったって言った。でもＳＮＳで騒ぎになってほかの部員に迷惑かけて、自責の念に駆られて、安らかになれる道を選ぶ」

――けじめをつけるべきだと思う。謝りに行く。

わたしがふたりに送ったメッセージは、そうも取れるのだと、いまさらながら思った。

「警察の再捜査、本当にやるのかしらね。SNSを鵜呑みにした人から電話で言われでもして、たしかめたかっただけじゃない？　でも、もしはじまるなら、美登里のせいだよね。事故だろうと襲われたのだろうとどっちでもいいのに、騒いで、刑事さんに電話までして」

「それは……でも、騒ぎになったのはわたしじゃなくて、植村先輩のせいだよ」

「きっかけを作ったんは美登里やろ」

「英梨の言うとおり。まあ、美登里があたしたちと別れてからここに戻ってきて千鶴を、ってのは無理があるけどね。美登里さあ、あんた、あたしたちを巻きこんでおきながら、今度は正義ヅラして千鶴の家族に謝りたいだなんて、ふざけるにもほどがあるよ。あたしたちの立場はどうなるの？　一緒に責められるのはごめんなのよ。現実もネットも、誰か、悪い人を作っておかないと収まらないとこまできちゃったのよ！」

亜弓が、欄干の柵を握るわたしの右手を蹴った。痛みに思わず手を離してしまう。

「やめて。……助けて」

「恨むなら、私らやのうて、植村先輩を恨んで」

「そうそう。あと勝手に死んだ千鶴と」

「誰にも言わないから。亜弓が言ったように、わたしがふたりに嘘をついたことにしてもいいから」

「ここまできて、もう無理だよ」

がつっと、欄干に音がした。亜弓がわたしの左手をめがけて足を伸ばしたのだ。けれど欄干の柵に邪魔をされて、亜弓の足は届かない。わたしが手をかけている土台は、欄干よりも外側にある。

「ったく、めんどうやな」

英梨が、しゃがみこんで欄干の柵の間から手を伸ばし、土台にしがみつくわたしの左手の指を剝がしにかかった。わたしは右手をもう一度上に伸ばすけれど、なかなか届かない。亜弓も一緒になって、わたしの指を一本、一本、と剝がしていく。

「うっ」

それを最後に、一瞬にして、耳が聞こえなくなった。

水に飲みこまれたけれど、ジャンパーと身体の間に空気があったおかげか、水面へと浮かび上がる。

川の流れが速く、橋は一気に遠ざかる。橋に立っているふたりが見えなくなる。

わたしは背を下にしたまま、ジャンパーを持ちあげてさらに空気を入れた。裾をボトムのウエスト部分に入れる。千鶴は中洲の藪に打ち上げられていたという。なんとかそこまで辿りつかなくては。

そう、わたしが泳げないと言ったのは嘘だ。

撮影で水着になりたくないから、そういう言い訳をしただけだ。

あの日、キャンプ場で見ていた、小学生の水泳教室の記事を覚えている。夏休みに起こる危険を回避する、着衣水泳についての記事だ。仰向けになっての平泳ぎが基本で、上着を脱いで空気を入れて浮き輪にするとよいとあった。ただ、この流れで脱ぐのは難しいし、体温を下げることにもつながる。今やっている、簡易ライフジャケット状態を保とう。

助からない可能性も、なくはない。

でも亜弓が最後の指を剝がそうとしたとき、わたしは彼女の手をひっかいた。彼女はうめいていたから、きっと皮膚をえぐっている。伸ばした爪の間に、残っていてはくれないか。

わたしは亜弓たちに殺されたと、せめてそれだけは伝わってほしい。

警察は知っているはずだ。わたしが千鶴のことで、刑事に電話をかけたことを。このキャンプ場を訪れてスタッフに訊ねていたこともすぐわかる。事故死という結論に疑問を持って、調べていたと思われるだろう。

千鶴の死の真相を知ったわたしが、その犯人に殺された。そう勘違いしてもらえたのなら、わたしの勝ちだ。

初出

「妻は嘘をついている」　「小説推理」二〇二三年四月号
「まだ間にあうならば」　「小説推理」二〇二三年七月号
「三年二組パニック」　「小説推理」二〇二三年一〇月号
「家族になろう」　「小説推理」二〇二四年二月号
「あの日、キャンプ場で」　「小説推理」二〇二四年四月号

本作品はフィクションです。
作中に登場する人名その他の名称は全て架空のものです。
法令やデータなどは本書刊行時のものに基づきます。

水生大海　みずき・ひろみ

三重県生まれ。漫画家を経て二〇〇五年、チュンソフト小説大賞銅賞受賞。〇八年、福山ミステリー文学新人賞優秀作を受賞。受賞作は『少女たちの羅針盤』と改題しデビュー。一四年、「五度目の春のヒヨコ」で日本推理作家協会賞（短編部門）の候補。「ランチ探偵」「社労士のヒナコ」シリーズのほか、『最後のページをめくるまで』『マザー／コンプレックス』などがある。

その嘘《うそ》を、なかったことには

二〇二四年一一月二三日　第一刷発行
二〇二五年三月二四日　第五刷発行

著者　水生大海
発行者　箕浦克史
発行所　株式会社双葉社
〒162−8540
東京都新宿区東五軒町3−28
電話　03−5261−4818（営業部）
03−5261−4831（編集部）
http://www.futabasha.co.jp/
（双葉社の書籍・コミック・ムックが買えます）

印刷所　大日本印刷株式会社
製本所　株式会社若林製本工場
カバー印刷　株式会社大熊整美堂
DTP　株式会社ビーワークス

ISBN978-4-575-24783-1 C0093